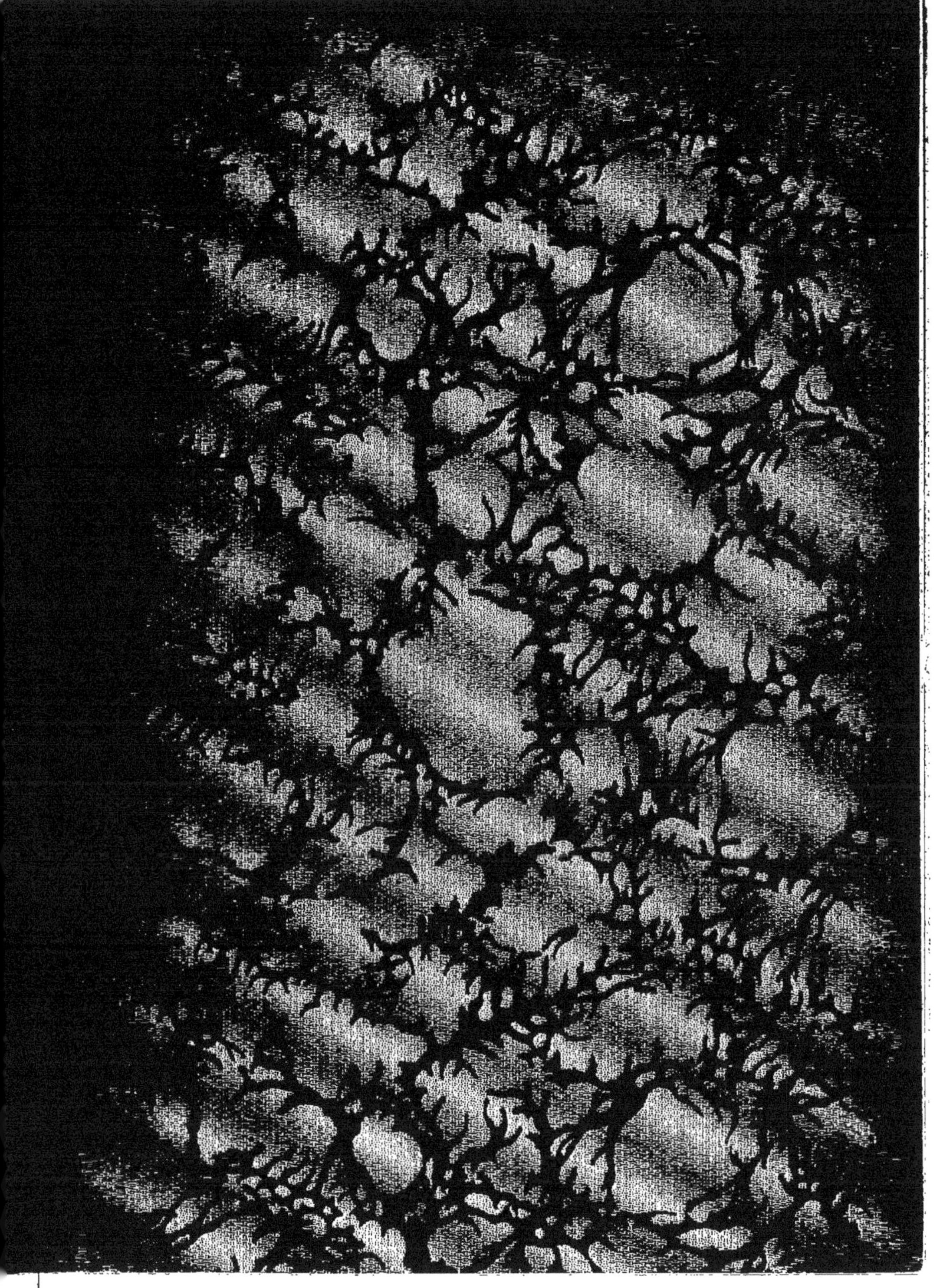

MARTIN REL.

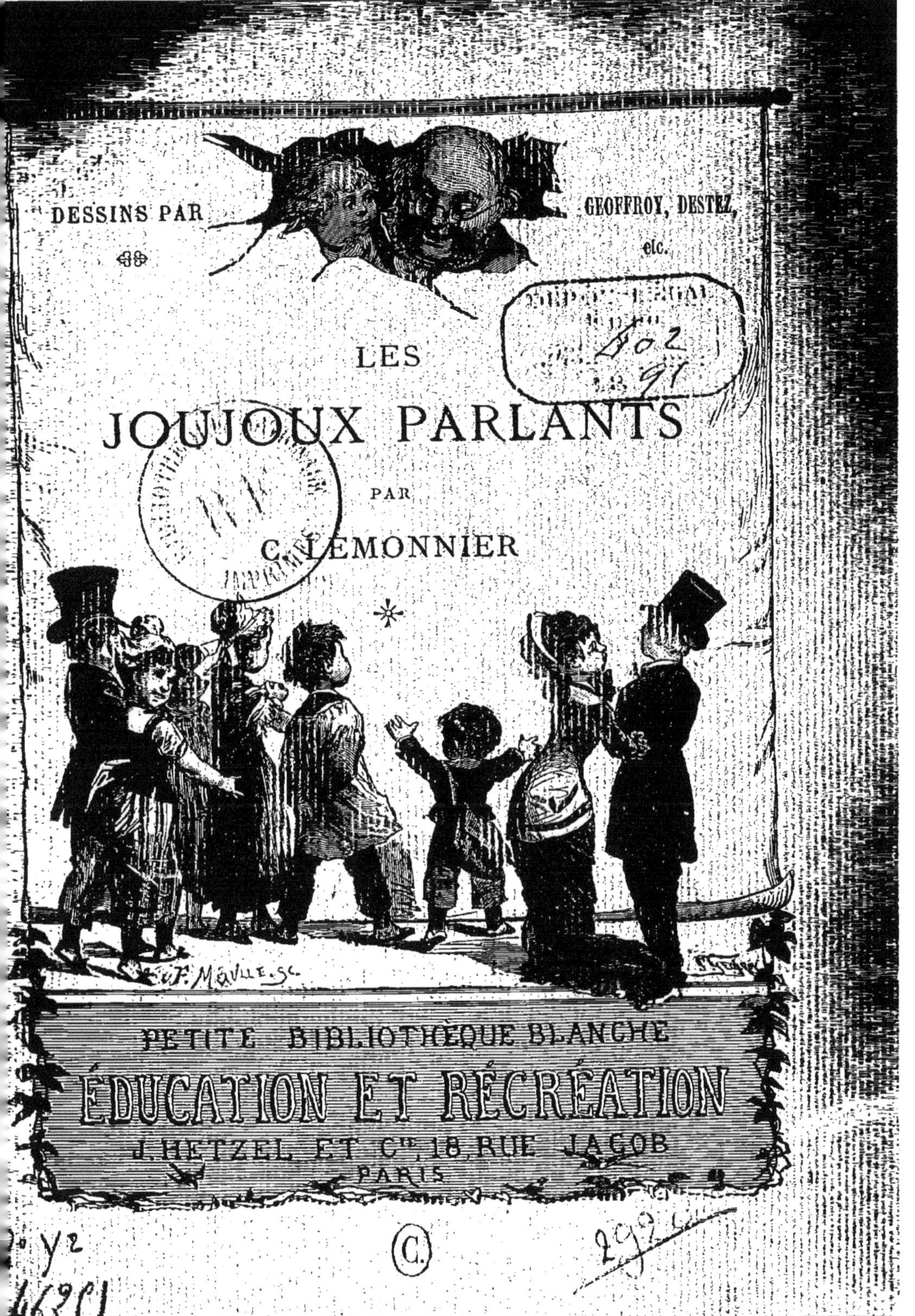
DESSINS PAR
GEOFFROY, DESTEZ,
etc.
LES
JOUJOUX PARLANTS
PAR
C. LEMONNIER
PETITE BIBLIOTHÈQUE BLANCHE
ÉDUCATION ET RÉCRÉATION
J. HETZEL ET Cie, 18, RUE JACOB
PARIS

LES

JOUJOUX PARLANTS

TYPOGRAPHIE FIRMIN-DIDOT ET Cie. — MESNIL (EURE).

COLLECTION HETZEL

C. LEMONNIER

PARLANTS

31 ILLUSTRATIONS

PAR MOTTY, P. DESTEZ, J. GEOFFROY, X. MELLERY, L. BECKER, SEMEGHINI, STECHI

PETITE BIBLIOTHÈQUE BLANCHE

ÉDUCATION ET RÉCRÉATION

J. HETZEL ET Cie, 18, RUE JACOB

PARIS

A

MES PETITS-ENFANTS

. . . QUAND JE SERAI GRAND-PÈRE

C. L.

LES

JOUJOUX PARLANTS

CE QUE PENSENT LES JOUJOUX.

Il y a une idée généralement adoptée dans le monde des jouets : c'est que les jouets ne sont pas faits pour les hommes, mais les hommes pour les jouets.

Il est certain que pour rien au monde la petite dame que voici, avec sa belle robe prune, son chapeau à plumes et son manchon bordé d'hermine, ne consentira à appartenir à la petite fille qui chaque matin lui fait sa toilette; bien au contraire, elle est convaincue que la petite fille est d'une nature inférieure à la sienne et elle se croit mise au monde pour être dorlotée, caressée, choyée, traitée en un mot comme une fille de duchesse qui n'a rien à voir avec les trivialités de la vie.

Si bien que la petite fille, qui l'appelle sa poupée, est tout simplement elle-même pour cette belle orgueilleuse une petite poupée que lui donne la nature. En effet, la petite fille n'a ni une tête de cire émaillée, ni des yeux de perle, ni des joues comme de la pâtisserie; la plupart du temps même, sa poupée est plus riche qu'elle en robes de velours et en brodequins mordorés, en chapeaux et en parures; et cette inégalité n'est pas faite pour diminuer la bonne opinion que ces petites dames ont d'elles-mêmes.

Un jour qu'il neigeait, les jouets de la boutique s'amusaient à jaser.

Ils n'avaient rien de mieux à faire, par ce mauvais temps, et les jouets sont comme les grandes personnes, ils aiment à tuer l'heure à coups de langue.

Donc ils bavardaient. J'ajouterai qu'ils bavardaient comme des pies. Cela leur était d'autant plus facile que peu de monde entrait ce jour-là dans la boutique, et le marchand était assis près de son feu dans la petite chambre du fond, en tête-à-tête avec un gros rhume qu'il arrosait de tisane.

On ne sait pas combien les créatures nerveuses qu'on appelle les poupées ont de plaisir à se reposer quelquefois des fatigues de leur vie mondaine. Elles sont pareilles en ce point aux grandes dames en chair et en os, que le bal, les soirées, les concerts, les fêtes qui commencent à minuit et finissent au matin, renvoient brisées à leur foyer, et qui sont si heureuses alors de passer la grasse matinée à caresser leurs enfants, les pieds dans des pantoufles, près d'un bon feu rouge.

Ainsi sont les poupées ; elles ont leurs jours de lassitude, après tant d'autres jours où elles sont obligées de tourner la tête, de dire papa et maman, de sourire constamment aux gens qui passent, et je vous prie de croire que la peine n'est pas mince.

Il y eut même à ce sujet une querelle entre les petits militaires et les jolies poupées.

Rassurez-vous : la querelle ne dépassa pas la limite des choses permises. Les militaires s'étaient plaints d'être sur pied du soir au matin, de ne pouvoir jamais quitter l'uniforme et d'être perpétuellement obligés de porter les armes.

« Cependant, disaient-ils, les lions ont des moments où ils ne sont pas dangereux ; les diables à surprises demeurent parfaitement calmes au fond de leurs boîtes, tant qu'on ne presse pas le ressort ; et, finalement, il n'y a pas l'ombre d'un ennemi à l'horizon. »

Ils se basaient sur ces raisons pour demander qu'on leur permît de mettre leurs fusils en faisceaux, et franchement, tout militaires qu'ils étaient, ils n'auraient pas été fâchés d'aller se coucher un peu.

On entendit alors un grand brouhaha de voix : c'étaient les petites folles de poupées, qui, toutes à la fois, s'écriaient qu'elles faisaient un service bien autrement fatigant que les militaires.

Un caporal s'avança, mit poliment la main à son képi et demanda, sauf respect, quelle était cette grande fatigue dont se plaignaient ces dames.

La rumeur devint plus forte à ces mots, et il fallut positivement l'intervention du gendarme à cheval pour permettre aux uns et aux autres de s'entendre.

Le calme rétabli, les dames déclarèrent que la vie du monde qu'elles menaient avait de bien autres servitudes que la vie militaire ; et une fort jolie poupée formula ainsi la pensée de toutes :

« Messieurs les militaires prétendent qu'ils sont constamment sous les armes. Nous en convenons. Mais nous les prions de se souvenir que nous sommes sous les armes autant qu'eux. Les armes, il est vrai, ne sont pas les mêmes. (*Approbation du côté des dames et sourires du côté des militaires.*)

« Non, elles ne sont pas les mêmes ; mais je déclare qu'elles sont aussi fatigantes à porter de part et d'autre. Des mois entiers nous demeurons à la même place, coiffées, chaussées, parées, craignant de faire un mouvement, de peur de déranger notre coiffure ou de chiffonner les plis de notre robe. Nos corsages étranglent nos tailles comme des cuirasses, nos collerettes étranglent nos cous comme des carcans ; il ne nous est même pas permis de changer de linge. (*Sourires chez les militaires.*)

« Pendant des mois, nous sommes contraintes à faire valoir l'émaillure de nos joues, la douceur de nos regards, la finesse de notre teint, la souplesse de notre corps, la beauté de nos coiffures, la richesse de nos toilettes ; il nous faut nous tourner dans tous les sens, un sourire sur les lèvres, un regard dans les yeux, le buste tendu, le jarret crispé, la tête plantée droit sur les épaules, sentant s'enfoncer dans nos pieds le talon pointu de nos souliers Louis XV, prises de douleurs dans les reins, dans les jambes, dans la tête, chaque jour un peu plus rompues, et pourtant toujours au port d'armes, — oui, Messieurs, au port d'armes.

« Oserez-vous dire que tout cela n'est rien ? Et pourtant ce n'est pas tout encore. Nous avons les bals auxquels il faut paraître, les soirées où nous sommes attendues, les fêtes dont nous sommes le plus bel ornement. La tête nous tourne sur les épaules de penser à mille corvées.

« Tantôt c'est le couturier qui vient prendre mesure pour

nos robes, la marchande de chapeaux avec laquelle il nous faut discuter la forme et le nombre des plumes, les amies qui trouvent le moyen d'entrer par la fenêtre quand on ne leur ouvre pas la porte; tantôt c'est un pauvre qu'il faut visiter, un concert de charité auquel l'abbé a recommandé d'assister; une visite pour les inondés où l'on a promis d'aller vendre des cigares, des rubans ou des bonbons. Et on n'est pas un moment en repos; nous sommes à tout le monde, excepté à nous-mêmes; nous ne dormons pas, nous avons à peine le temps de boire et de manger; nous vivons Dieu sait comment, et il est tellement entendu que nous sommes la plus belle moitié du genre humain, que nous passons notre vie à le prouver par nos sourires, nos grâces, nos coquetteries et l'éternel soin que nous prenons d'entretenir notre beauté. »

Ce petit discours fut très applaudi.

Les militaires auraient bien pu répondre; mais rien n'est galant comme un soldat, et ils se contentèrent de se tenir au port d'armes, ce qui, de la part d'un militaire, est une marque de déférence.

Je reviens à mon histoire.

Les jouets bavardaient donc comme des pies, mais les sujets de conversation s'épuisent à la longue, et, comme on finissait de parler de la pluie et du beau temps, quelqu'un proposa un jeu : c'était que chacun à son tour choisît parmi les passants de la rue celui qui lui conviendrait le mieux.

Il faisait dehors un temps horrible.

Depuis deux jours il neigeait, et la neige amoncelait au pied des maisons de petits tas blancs. Des nuées de flocons épais comme des touffes de laine obscurcissaient le jour gris, battaient les vitres, et par moments roulaient en tourbillons avec un bruit de soie qu'on déplie. Le milieu du pavé reluisait, poli par la roue des voitures, et le long du ruisseau un talus de neige s'alignait, cabossé, jaunâtre, éclaboussé de salissures. Des chevaux, maigres comme des clous, traînaient en boitant des voitures aux portières bien closes, et le dessus des harnais, l'impériale des caissons, le chapeau des cochers, étaient également recouverts d'une épaisse housse de neige, comme les réverbères, les toits des maisons, les balustrades des fenêtres et tout ce qui offrait un relief aux flocons, indistinctement.

Mêlé à ce roulement des voitures, un fourmillement de silhouettes tachait de points noirs la lividité de la rue ; et rien n'était amusant à voir comme le démènement de toute cette foule pataugeant, culbutant, glissant, marchant à petits pas, reculant au lieu d'avancer et bataillant contre les rafales. Les collets levés étaient garnis d'une paire d'oreilles écarlates ou s'entre-baîllaient sur des nez cramoisis ; les bras s'enfonçaient jusqu'aux coudes dans les poches, raides comme des poteaux télégraphiques ; les dos ronds se tendaient comme des ballons, et quand les talons sortaient de la neige, non sans effort, on eût dit qu'une mélasse blanche s'était collée aux semelles.

Par moments, une légère tranche de neige se détachait d'un toit et s'abattait sur les épaules de quelqu'un avec un fracas sourd ; un cheval tombé battait le vide de ses sabots en roulant des yeux rouges, et, tout à coup, des gens, sur le point de perdre l'équilibre, faisaient des gestes vagues et précipités qui donnaient envie de rire.

Il passa des hommes, des femmes, des enfants, des messieurs en pelisse et de pauvres diables en haillons, de beaux officiers bien pimpants et d'humbles ouvriers, des cochers d'omnibus et des cochers d'ambassadeur, du gros monde et du petit monde, et tout cela mettait sur la vitre de la boutique comme un grand mouvement d'ombres chinoises. Il passa même un mort qu'on menait en pompe au cimetière, et les jouets le plaignirent d'avoir si mal choisi son jour.

IL FAISAIT DEHORS UN TEMPS HORRIBLE.

« Ce qui prouve combien notre nature est supérieure à celle des hommes, dit un maître d'école grand philosophe, c'est que nos morceaux sont encore bons à quelque chose, et il n'est pas rare qu'avec deux sous de colle ou nous remette sur pied. Au contraire, quand l'homme se brise, tout est dit, et il a beau se faire porter en terre avec pompe, il n'en est pas moins vrai que personne n'est capable de le raccommoder. »

Tout le monde fut unanime à reconnaître la vérité de ces paroles, et le jeu recommença :

« Moi, dit un petit militaire, je voudrais faire la connaissance de ce bel officier. Tenez, il regarde par ici. Sous prétexte de nous observer, il se regarde dans la glace. Personne n'a plus d'aplomb ni de plus longues moustaches ; il toise les hommes, sourit aux dames et il est à la fois doux et fort. C'est un beau jouet dans toute la force du terme. Bien qu'il porte une capote sur les épaules, on devine qu'il a des épaulettes brillantes, et il doit reluire au soleil comme le polichinelle qui est au-dessus de mon képi. Quelle joie ce serait pour moi de posséder un pareil trésor !

— Moi, fit une petite blonde, fraîche comme un matin de mai, je me contenterais de la jolie enfant qui s'arrête en ce moment à la vitrine de notre vis-à-vis le pâtissier. Elle a des yeux très doux, elle doit être bonne, et j'avoue tenir beaucoup au caractère. J'aime mes aises, je suis naturellement délicate, et rien ne me froisse comme des manières brutales. Au contraire, des mains caressantes font passer dans mon être un frémissement de bonheur ; je me prête alors avec complaisance à l'amitié de mes petites amies et je deviens si bonne que je leur laisse faire tout ce que je veux. »

La jolie blonde parlait lentement, avec un peu d'affectation, et on l'accusait de sentimentalité, entre poupées.

Une brune, très vive celle-là, et qui passait pour n'aimer que très légèrement les choses de sentiment, lui répondit :

« Je ne sais vraiment pas quel charme vous trouvez à cette mesquine fillette. D'abord, elle est blonde, et c'en est assez pour moi, les blondes étant à peu près toutes d'une fadeur insupportable. Il est bien entendu que je ne dis pas cela pour vous. De plus, elle est fagotée d'un costume dont je ne voudrais pas même pour ma femme de chambre ; son toquet a l'air d'une cloche à fromage, et il y a dans le bas de sa robe un pli qui ressemble à une gouttière. Il me faut à moi des personnes de condition ; je n'aime pas les plaisirs bourgeois ni les petites caresses niaises, et il me suffirait de me voir dans un de ces salons où ne vont pas les gens comme il faut, pour être la plus malheureuse créature du monde.

« Que des gens de qualité aient l'air de me rechercher, je suis aussitôt joyeuse ; il me semble que je me retrouve après m'être perdue ; la race met entre nous une sorte d'égalité. Croyez bien, ma chère, que je n'en suis pas plus fière pour cela. Il est des choses qui tiennent aux origines de la personne et ne sauraient se gagner. Il suffit, du reste, de me regarder un instant pour voir la différence qu'il y a entre une élégance roturière et une élégance qui vient des ancêtres, et, Dieu merci, les miens ne sont pas douteux !

« Je ne voudrais donc à aucun prix de cette blondinette, mais je prendrais la belle enfant qui vient de se pencher à la portière de ce grand carrosse. Rien qu'à la manière dont elle a froncé le sourcil en gourmandant le cocher, j'ai reconnu qu'elle était de race. Elle n'a que faire, celle-là, d'être douce, de dire des fadaises, de caresser les personnes qui l'entourent ; il lui suffit d'être ce qu'elle est, et je vous prie de croire qu'au seul regard de ses yeux tout le monde obéit.

— Cependant, objecta une grosse petite femme pleine de bon sens qui berçait un poupon dans ses bras, il n'y a pas si grande chance que cela à tomber dans les mains d'une méchante personne, et je vois très bien à ses yeux que votre petite fille n'est pas tendre.

— Qu'en savez-vous ? reprit l'orgueilleuse brune ; vous n'êtes pas d'une condition où l'on ait droit de se prononcer sur ces choses. Il serait beau vraiment qu'une nourrice se permît de nous faire la leçon.

— Leçon tant que vous voudrez, répliqua la grosse petite femme, mais ma tête de bois vaut bien votre tête de cire, et ce ne sont pas vos grands airs qui me font peur. Je vous ai connue moins fière, ma belle, alors que vous n'étiez encore qu'à moitié rembourrée de son et que le petit vieux qui vous fabriquait hésitait s'il ferait de vous une poupée à vingt sous ou une poupée à vingt francs. Vous avez eu de la chance comme toutes vos pareilles, voilà tout. Quant à moi, je suis parfaitement heureuse avec mon petit nourrisson, et je ne demande qu'à rester nourrice toute ma vie.

— Vas-y donc alors, fit un cocher de bonne maison qui conduisait à la promenade deux chevaux tigrés d'une espèce peu commune, et dis-nous ce que tu souhaiterais prendre parmi le monde qui passe.

— Ma fine, répondit la nourrice, m'est avis que je suis bien comme je suis et qu'on me prenne ou qu'on ne me prenne pas, j'ai là mon petit sur les bras qui me donne assez d'occupation. Cependant, s'il fallait choisir, là, eh bien, je voudrais bien me trouver dans le panier de la cuisinière qui sort de chez le rôtisseur. Elle est appétissante comme une grosse pomme, et l'on ne doit pas jeûner beaucoup dans sa cuisine. »

Naturellement, les belles poupées accueillirent d'un superbe haussement d'épaules une pareille grossièreté ;

mais il n'en fut pas de même des petits jouets à dix, vingt, quarante et même cinquante sous.

La belle humeur de la paysanne les mit en gaicté et ils commencèrent à deviser à leur tour. Ce n'étaient pas de bien grands savants et leur imagination n'allait pas de beaucoup au delà de leur nez ; du moins ils étaient, pour la plupart, gens de bon sens, et c'est déjà quelque chose dans la vie.

Un meunier s'écria, à la vue d'une charrette chargée de sacs, qu'il serait bien heureux de passer son existence dans un sac de belle farine de blé, et la vue du fils du farinier, un gamin âgé de dix ans qui était assis à côté de son père dans des couvertures, lui fit souhaiter de s'en aller avec lui au moulin.

Le ramoneur avait un autre désir : il eût voulu être emporté par un coup de vent jusqu'au faîte de la cheminée qui mettait sa mince silhouette sur le ciel noir devant eux ; il se fût laissé glisser dans la suie, écoutant à travers le mur la conversation des gens qui étaient assis autour du feu, et il ne se serait arrêté que lorsqu'il serait tombé sur une brave famille, sur des cœurs simples et bons. Alors il aurait cogné au mur pour demander d'entrer, ou bien il se serait laissé couler par une fente de l'âtre et il aurait goûté un bnoheur parfait.

Chacun disait ainsi son rêve, et les uns demandaient des choses extraordinaires, les autres des choses très simples, selon leur ambition.

En ce moment, une pauvre mère passa devant la boutique.

Elle allait tête nue, malgré la bise, souffletée par la rafale, bombardée par les flocons de neige ; et de grosses larmes perlaient à ses yeux, vous savez, de ces larmes de froid qui se changent en glaçons sur la joue des pauvres gens.

Elle portait un jupon de tire-laine soigneusement rapiécé où les genoux marquaient durement, et un châle effrangé, léger comme de la dentelle, drapait mal ses épaules. Ses pieds étaient glacés, sûrement, tant elle avait de peine à les traîner, et elle allait à son devoir, pauvre, misérable, honnête, entourée des incertitudes sombres de l'avenir.

Ce qui lui était le plus cruel, du reste, ce n'était pas d'être vêtue de haillons ni de pouvoir à grand'peine marcher ; elle tenait à la main un petit garçon de six ans, dont la tête était entourée d'un châle de laine et qui courait replié sur lui-même en pleurant. Or, tous deux, en passant avaient regardé les beaux jouets. Le petit avait fait un geste, tout pâle et souriant.

C'était là sa douleur, et tout à coup elle l'enlevait dans ses bras, le collait contre elle, et, à peine assez forte pour se traîner elle-même, elle l'emportait, disparaissait avec lui dans la profondeur de la rue.

« Moi, dit un affreux petit bonhomme mal peint, à peine équarri, auquel on n'aurait pu donner de nom dans aucune langue humaine, moi, je voudrais appartenir à cette mère et connaître la joie de voir tomber sur moi son sourire. »

Une voix parut alors sortir des profondeurs de la boutique. C'était celle d'un saint ermite.

« Vous avez tort de vous étonner, dit-il ; ce petit bonhomme, je vous le dis en vérité, a parlé avec plus de sagesse qu'aucun d'entre vous : le plus grand des bonheurs en ce monde c'est d'avoir une bonne mère, fût-elle aussi pauvre que la digne femme qui vient d'emporter si tendrement son enfant. Du reste, soyez plus tranquilles sur le sort de l'enfant et sur celui de la maman ; du coin où je suis placé et grâce à une glace qui m'a permis de voir plus loin que vous dans la rue, j'ai vu la mère pauvre arrêtée par une autre mère. Quelques paroles se sont échangées entre elles, leurs noms et leurs adresses aussi. La main discrète de la mère riche a glissé quelque chose dans la poche du tablier de la mère pauvre, et j'ai dans l'idée que cette rencontre aura des suites heureuses pour toutes les deux. L'une pourra faire le bien, ce qui est encore le meilleur moyen de se faire plaisir à soi-même; l'autre apprendra, si elle ne le sait déjà, que l'aide d'un cœur compatissant réconcilie avec le malheur.

LA

CONVERSION DE POLICHINELLE.

Le Polichinelle était vieux. Il s'ennuyait à mourir dans le coin de la cheminée. Il aurait voulu être loin, bien loin.

« Là-bas, dans la maison où j'ai passé le meilleur de ma vie, pensait-il, nous étions nombreux : on riait ; je faisais des folies. Je n'étais pas éreinté, alors, comme je le suis à présent ; ma bosse de satin rouge et bleu tournait la tête aux poupées les plus difficiles ; j'avais de belles joues rosées, et j'étincelais sous mes dentelles et mon paillon. Ce temps est bien loin ; ma bosse est à moitié vide de son, et depuis que ce maudit petit garnement m'a laissé tomber en jouant, je n'ai plus qu'un morceau de ce nez dont j'étais si fier. Qui aurait pu prévoir une fin si misérable ! »

Ainsi se lamentait ce vieux Polichinelle, et tout en se

lamentant, il regardait courir à travers la fenêtre qu'il avait devant lui les grands nuages gris au fond du ciel.

On était en décembre. Un jour sombre descendait des rideaux, noyait la chambre dans un crépuscule perpétuel, et cette obscurité augmentait encore quand la pluie se mettait à tomber. Par moments, des trombes passaient dans l'air avec un bruit terrifiant, et les fenêtres étaient secouées de grands coups brusques, pendant que les cheminées ronflaient, que les girouettes grinçaient et qu'une averse de tuiles et d'ardoises s'aplatissait sur le pavé.

Puis un matin la neige tomba, et les bruits de la rue s'étouffèrent dans une sorte de ronflement sourd, qui semblait venir de très loin.

Le Polichinelle fut d'abord agacé de n'entendre plus distinctement le bruit des voitures auquel il était habitué ; mais une douceur d'assoupissement succéda à sa mauvaise humeur, et il finit par aimer ce demi-silence de la neige, au point qu'il eût fait neiger toujours s'il en eût été le maître.

Il regardait s'écrouler dans le jour blafard du dehors les flocons tantôt émiettés en poussière de givre, tantôt arrondis comme les balles élastiques qu'il avait connues chez les marchands, et, si loin qu'il pouvait les suivre des yeux, il les regardait monter, descendre, se pourchasser, bondir, se fondre dans les espaces de l'air.

« Que ne puis-je m'envoler sur un de ces flocons, pensait-il, et, ballotté entre ciel et terre, m'enivrer du spectacle du monde ! »

Il se souvenait alors des récits qu'il avait entendu faire sur ce monde étrange.

Il se souvenait aussi d'avoir vu de singulières choses à travers la glace du magasin qu'il avait longtemps habité, et ces souvenirs, se réunissant en ce moment au fond de son esprit, lui donnaient le désir de s'échapper de cette chambre où le caprice d'un enfant le retenait prisonnier. Vieux comme il l'était, ne lui serait-il pas donné de contempler de près l'univers avant de mourir? Bref, il cherchait un moyen de s'évader.

Comme il en était là de ses réflexions, une bouffée de vent entra par l'entre-bâillement de la porte, et roula jusqu'à lui un gros ballon rouge en baudruche.

La corde du ballon traînait; elle s'accrocha à la veste de Polichinelle, et tout à coup le ballon s'arrêta, se posa près de l'endroit où il était. Un petit battement de cœur fit sauter la bosse de Polichinelle sur sa poitrine.

« Ce serait là mon affaire, se dit-il, si la fenêtre se décidait à s'ouvrir. »

Le Dieu des jouets l'entendit à coup sûr, car la fenêtre s'ouvrit, Polichinelle se sentit enlevé bien haut dans l'air, à la suite du ballon, et tous deux montaient avec la rapidité du vent.

Ils avaient dépassé le toit des maisons les plus élevées : les tours des monuments semblaient petites à Polichinelle, et le ciel était de plus en plus noir autour d'eux.

Jamais Polichinelle n'aurait pensé qu'on pût se mouvoir aussi vite. Ils traversaient des cercles d'air gris où traînaient des brouillards humides, et des nuées de flocons les escortaient comme un escadron de cavaliers à la portière d'un carrosse de roi.

Quelquefois ils se rapprochaient brusquement des maisons ou planaient immobiles, mais presque aussitôt une bourrasque les rechassait au plus haut de l'espace, et ils se mettaient à tourbillonner à travers des secousses de roulis.

Petit à petit la rougeur du ballon s'assombrit, le soir tomba, et Polichinelle vit s'élargir autour d'eux la mer de ténèbres.

POLICHINELLE SE SENTIT ENLEVER BIEN HAUT DANS L'AIR.

Les polichinelles, comme les hommes, ne sont jamais tout à fait contents. Celui-ci avait éprouvé d'abord un vif plaisir à se balancer en plein ciel ; mais la promenade commençait à lui sembler longue, et il poussait un soupir en pensant à sa joie s'il lui était donné de se retrouver tout à coup dans l'angle de la cheminée qu'il venait de quitter.

En ce moment un coup de vent lui mit la tête en bas, et il vit alors une chose plus merveilleuse encore que le ciel qu'il avait eu tout le temps de contempler : il vit la terre.

Une houle de feu remplaçait maintenant la houle de l'ombre.

Le Polichinelle avait bien vu s'allumer le gaz des rues, au temps où il était chez le marchand, et cette illumination lui avait paru fort belle, mais jamais il n'aurait imaginé une féerie pareille à celle qu'il voyait se déployer devant lui.

« Comme on a tort de s'acoquiner dans sa coquille ! Comme on a tort de ne pas voyager ! »

Et il se disait que bien probablement, si le ballon n'était pas venu se poser près de lui, il serait mort sans avoir pu contempler ce merveilleux spectacle.

Après tout, la fin de sa vie s'éclairait d'une expérience que ne connaîtraient jamais les polichinelles ses confrères, et il était pris de mélancolie en pensant qu'il ne lui avait pas été donné de voir ces choses extraordinaires à l'époque où il exerçait ses prestiges sur les poupées de la vitrine. Dieu ! quel aigle il eût fait avec le récit de ses voyages en plein firmament !

Il ne manquait plus à sa joie que d'être tout à coup ramené, même à l'état de polichinelle, sur cette terre qui lui semblait si merveilleuse, vue à travers son diadème d'éclairage.

Le vent sembla comprendre son désir : une bouffée souffla avec fureur sur le ballon. Ce fut une descente vertigineuse, le ballon et lui furent jetés sur l'arête d'un pignon avec une telle violence que la baudruche en reçut une avarie.

Le ballon se mit à ramper alors le long des gouttières, à travers la cohue des toits. Un emmêlement de tuyaux de cheminée rendait le voyage rude et difficile : quelquefois le ballon était accroché, et il ne fallait rien moins qu'un bon coup de vent pour le renflouer.

Mais Polichinelle, tout en attrapant des bosses supplémentaires, ne perdait pas ses moments. A ras des toits, des lucarnes ouvraient leurs gros yeux ronds, semblables à des yeux de poisson. Presque toutes étaient éclairées, et en se penchant un peu, on aurait pu apercevoir ce qui se passait derrière.

Polichinelle était indiscret, et il ne se fût pas fait scrupule de satisfaire sa curiosité si une girouette, vexée de voir le ballon fondre sur elle sans crier gare, au risque de l'empêcher de marquer le cours du vent, n'avait jugé à propos de jouer un mauvais tour à cette machine impertinente. C'était une silhouette de coq, le bec en avant, et la queue déployée. D'un coup sec, elle fit une large entaille dans la baudruche. C'en était fait du ballon ; il creva.

Sous la girouette s'ouvrait justement le trou d'une cheminée.

Ce fut un moment terrible pour Polichinelle ; il descendit, battant le vide, et, qui pis est, les murs, de gestes désordonnés. Une nuit épaisse remplissait l'intérieur du conduit.

Il descendit tant qu'il y eut à descendre, c'est-à-dire l'espace de cinq à six étages, et tout à coup il se trouva la tête en bas, moulu, brisé, ayant perdu une bosse, sur un lit de cendre qui lui parut la meilleure des couches après une si effroyable aventure.

Autour de lui l'obscurité avait pris une pâleur tendre,

et il découvrit qu'il était dans une pauvre chambre tristement éclairée par une veilleuse.

Un petit lit était posé dans le fond ; un lit plus grand était tout à côté ; une femme y dormait, la main allongée vers l'oreiller de l'enfant.

Une clarté se répandit par la chambre et noya dans une douceur le vacillement de la veilleuse près de mourir. C'était le jour qui montait.

Polichinelle avait fait du bruit en tombant.

La voix de l'enfant s'écria :

« Mère, vois donc! le bonhomme Noël m'a apporté un polichinelle ! »

Ah ! fit la mère en pleurant, il y a donc un bon Dieu pour les pauvres gens !

Et ils regardaient étonnés, ravis, le vieux polichinelle éclopé qui leur tombait du ciel.

« J'en ai assez des voyages, je prends ma retraite, se dit Polichinelle. J'adopte ce petit-là et je le servirai fidèlement.

« Aussi bien je ne suis plus qu'un demi-polichinelle puisque je n'ai plus qu'une bosse. Le diable en vieillissant se fait ermite. »

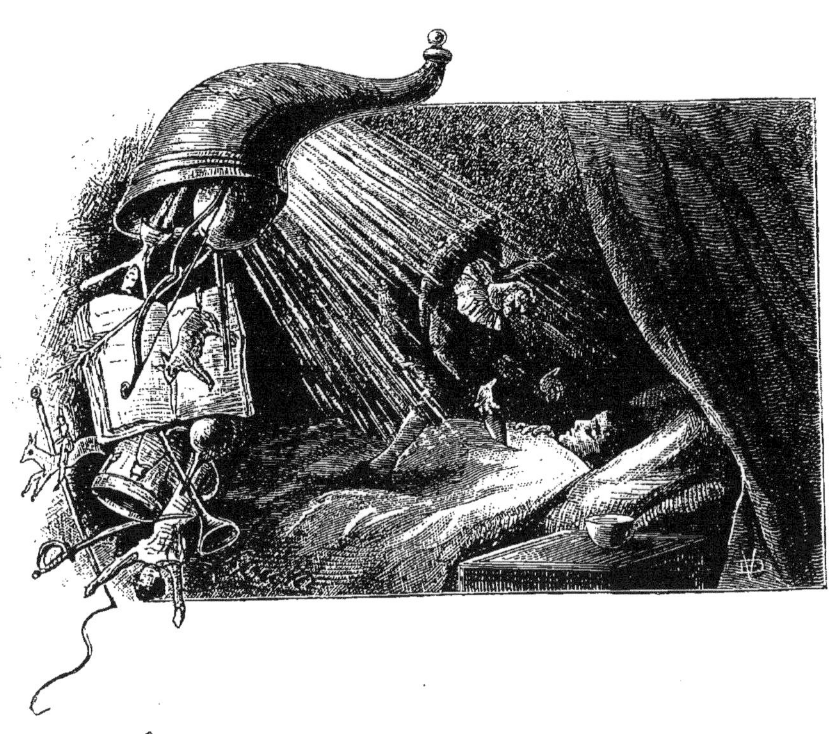

LA MAISON ROSE.

Lorsque je vis pour la première fois la petite maison, elle était parfaitement close et rien ne trahissait un mystère. Elle était rose avec une clarté d'aurore ; il semblait que le matin se levât perpétuellement sur elle, et ses persiennes fermées lui donnaient l'air d'une personne qui dort. Des deux côtés de la porte d'entrée, il y avait une fenêtre et l'étage se composait d'une porte-fenêtre précédée d'un balcon avec une fenêtre de chaque côté. Le toit légèrement incliné formait un auvent.

Ce qui frappait tout d'abord, c'était la tranquillité absolue de cette maison. Les fenêtres n'étaient pas faites pour s'ouvrir au bruit de la rue, et, si on eût demandé à la porte de se replier en dedans, elle eût été bien étonnée. Certainement, elle ne ressemblait par aucun côté à ces demeures tapageuses dont les portes claquent à toute sorte de folles arrivées. Elle avait un silence extraordinaire, et l'artiste l'avait construite avec un peu de songe. Il ne lui manquait que d'être au fond des bois pour paraître enchantée.

« Attends un instant, me dit ma sœur, tu vas voir apparaître... »

La maison était posée sur un guéridon. J'étais juste assez grand pour atteindre à la hauteur de l'étage. En me haussant un peu, je pouvais voir par-dessus la balustrade en bois du balcon. Et je regardais, troublé par la pensée que la maison n'était pas vide comme je l'avais cru.

Un bruit vague très doux sortit des profondeurs du rez-de-chaussée; c'était comme le frémissement d'une mouche qui s'éveille, l'été, sous un rideau de mousseline; et tout à coup cette rumeur s'accentua, se changea en un petit air de musique. En même temps je vis s'ouvrir la porte du balcon à deux battants, et une petite dame parut.

Jamais je n'avais vu plus jolie chose au monde. Elle était grande comme le doigt, avec une petite tête pâle et ronde. La pointe d'une mantille s'avançait sur ses cheveux d'un noir de jais, et elle avait de grands yeux profonds. Elle portait une jupe jaune très courte, à la mode de Séville, et de la dentelle brochait son corsage cerise. Ses jambes étaient chaussées de bas blancs; elle avait aux pieds des souliers à bouffettes. Elle s'élança jusqu'au bord du balcon, remua la tête très lentement, eut l'air de regarder à droite et à gauche; puis la musique s'affaiblit, la petite dame recula jusqu'à sa place première, et la porte du balcon se referma. J'entendis alors, comme tout à l'heure, une ru-

JE VIS S'OUVRIR LA PORTE DU BALCON.

meur vague au rez-de-chaussée, et cette rumeur elle-même finit par s'assoupir au milieu du silence.

J'étais immobile, les yeux démesurément ouverts. Je ne pouvais m'imaginer comment elle avait apparu ni comment elle avait disparu, et je continuais à regarder le balcon avec un peu de stupeur, espérant qu'elle allait revenir. Ma sœur posait sur moi son sourire triomphant.

Elle ne revint pas tout de suite. Il se passa bien dix minutes avant que la petite maison s'animât de nouveau, et, pendant ce temps, elle avait l'air de dormir encore, comme ces maisons aux rideaux bien tirés que le promeneur matinal voit s'allonger à l'aube, dans les rues. Qui aurait pu penser qu'une beauté merveilleuse s'abritait derrière ces murailles muettes? Qui se serait imaginé seulement qu'elle était habitée? Sa clarté rose était pour moi, à présent, comme la douceur visible de sa présence à elle; c'était elle qui était l'aurore au fond de la mystérieuse demeure, et il me semblait naturel que la lumière de la personne se reflétât sur la maison qu'elle habitait. Puis la vibration sourde qui m'avait annoncé la première fois son arrivée monta du rez-de-chaussée, grandit, et la porte du balcon livra passage à la dame, tandis que la musique jouait son petit air grave et doux.

Je remarquai alors sur ses lèvres écarlates un pli étrange, douloureux comme une souffrance, charmant comme un sourire. Elle remua la tête à droite, à gauche, et il me parut que la lenteur avec laquelle elle faisait ce mouvement était en effet de la tristesse. Je compris sa pâleur, la profondeur troublante de ses yeux; je compris surtout qu'elle était victime d'un noir enchantement. Doucement la porte se referma, l'air se ralentit, et elle rentra dans l'ombre de la maison.

Je l'aimai tout de suite d'une immense tendresse. Deux grosses larmes m'étaient montées aux yeux, et, à travers ce nuage, je continuais à voir sa tête charmante faisant dans le vide ses petits saluts. Étaient-ce réellement des saluts, ou ne regardait-elle pas plutôt devant elle comme une personne qui attend? Elle me semblait digne d'une éternelle pitié ; nul ne faisait attention à son malheur, et, la voyant paraître et disparaître, la plupart riaient, sans rien comprendre à son mystère.

Je serais resté debout à l'attendre la nuit entière ; mais sa mignonne silhouette ne vint plus ce soir-là charmer mes yeux. Mon père retira la clef du mécanisme, et je gagnai mon lit d'enfant, emportant avec moi la vision de cette inconnue, enfermée dans son petit palais.

Jusqu'au matin son visage pâle et son triste sourire se mêlèrent, dans mes rêves, à l'éclair de son corsage cerise et de sa jupe citron. Un moment, il me parut qu'elle me faisait signe, et tout à coup je me réveillai, m'imaginant qu'elle avait mis sa main dans la mienne. Je ne vis devant moi que mon grand polichinelle, avec son large rire qui lui fendait la tête, comme une crevasse. Il avait l'air si narquois qu'un peu de honte entra en moi à la pensée que peut-être ce méchant homme avait surpris mon secret. Je remis ma tête sous les couvertures ; mais le sommeil ne vint plus fermer mes yeux, et, tout éveillé, je continuai à penser à la triste destinée de ma chère petite amie.

C'était le nom que je lui donnais au fond de ma pensée. Il me semblait que le hasard qui nous avait fait nous rencontrer, avait mis entre nous un lien incassable. N'était-ce pas moi qui le premier avais deviné la présence d'un sortilège autour d'elle? le premier n'avais-je pas senti ma pitié s'alarmer des embûches qui l'entouraient? Et il me paraissait que sa reconnaissance serait égale à ma tendresse, le jour où je parviendrais à l'arracher à sa prison.

Ce fut une douce joie pour moi de la revoir. Aucune musique au monde n'avait pour moi le charme tendre de celle qui précédait son arrivée ; elle était comme une promesse de bonheur ; et, en effet, à peine le petit air avait-il commencé à résonner, la porte s'ouvrait à deux battants faisant voir confusément d'abord la tache claire de son corsage ; puis elle s'avançait, et lentement toute sa personne entrait dans la lumière. Je la retrouvais, comme le jour précédent, souriante et mélancolique, avec ses lèvres d'une fraîcheur de fruit mûr, mettant sur la pâleur de ses joues comme un éclair de vermillon.

Qu'avait-elle donc fait pour mériter d'être enfermée? Je trouvais à cette question une réponse qui me paraissait toute naturelle. Sans doute, me disais-je, elle n'a pas voulu épouser le méchant Magicien, son tuteur ou son oncle. Et je me figurais celui-ci avec une barbe traînante, des yeux de loup-garou, une peau de caïman et une longue robe noire constellée de croissants de lune. Qui ne lui aurait donné raison? Jeune, belle, parée de grâce, elle avait rêvé d'épouser un jeune garçon de son âge ; elle n'avait qu'une ambition, être heureuse, et la grande fortune du vieux magicien ne l'avait pas un instant tentée. Hélas! j'expérimentais alors combien peu la vertu est récompensée en ce monde.

Ce que je passai d'heures à l'attendre ce jour-là et les jours suivants est incroyable. Mes deux coudes posés sur le guéridon, je fixais constamment les yeux sur l'endroit de la maison où elle devait apparaître, et mes regards étaient devenus si perçants que je ne sais comment ils ne percèrent pas la mince cloison du mur. J'étais largement récompensé de ma patience lorsqu'elle se montrait, et quelquefois ma tête tournait avec la sienne, à droite et à gauche, regardant si personne n'arrivait, à l'appel de ses beaux yeux.

Mais il n'y avait que mes coudes sur le guéridon, et, contre le mur, un vieux portrait de grand'mère semblait regarder avec pitié les efforts qu'elle faisait pour tâcher d'intéresser à son sort une âme compatissante. Je me trompe, il y avait encore sur la cheminée un magot chinois, mais si lourd, si grotesque, avec un ventre si gros, qu'elle n'aurait jamais eu l'idée de s'adresser à lui. Puis le magot lui tournait le dos. J'étais donc bien réellement la seule personne sur laquelle elle pût compter.

J'emportais chaque soir son souvenir, et, toute la nuit, je faisais des rêves qu'elle remplissait de son infortune. Ma joie pourtant n'était pas complète : j'aurais voulu posséder à moi seul la petite maison. Je l'aurais cachée au plus profond de ma chambre ; personne ne l'aurait vue, et pendant des éternités je me serais rassasié de sa présence, perdu dans mes ravissements. Au contraire, elle était dans un coin du salon où beaucoup de monde venait la voir, et cette curiosité universelle me faisait mal, blessait ma tendresse. Ma sœur elle-même, pour qui je n'avais pas de secret, me semblait de trop dans nos tête-à-tête, et j'avais fini par me cacher d'elle comme d'une étrangère. Je lui offris un jour de lui donner mes polichinelles, mes sabres, mes fusils, mon shako, même mon cheval à bascule, si elle voulait me céder la petite maison rose; la pensée de se faire bercer par le grand cheval la tenta un instant ; mais la petite musique se fit entendre, et elle vit s'avancer la jolie captive. Ce fut comme un charme; elle ne voulut plus entendre parler de rien.

J'étais si entièrement charmé au bout d'une semaine, que j'en tombai malade. L'inconnue m'avait jeté ses sortilèges, et l'on me mit au lit avec des tisanes, des bonbons et des oranges. Mais ni les bonbons ni les oranges ne me faisaient plaisir ; c'était la petite maison qu'il me fallait, et je me mis à pleurer un matin, demandant à grands cris qu'on me l'apportât. Ma sœur eut alors un bon mouvement de tendresse ; elle alla chercher la maison et me la mit sur le lit, joyeuse, montrant dans un sourire la blancheur de ses dents.

« Tiens, dit-elle, elle est à toi. »

A moi ! Mon rêve se réalisait ; j'allais pouvoir contempler à mon aise la petite reine de mes pensées, m'éblouir de sa jupe couleur d'or et de son corsage cerise, entendre à l'infini la musique qui l'accompagnait, comme un ineffable orchestre. Je n'oublierai jamais combien délicieux furent ces moments. L'air résonnait autour de moi d'un bruissement continu ; c'était comme une musique séraphique que la légende prête aux anges, la nuit de Noël, et il me semblait qu'en écoutant ce chant tendre et faible, c'était sa voix à elle qui me parlait. Le vent n'était pas plus doux à entendre dans les roseaux, ni le murmure jaseur des ruisseaux, que cette harmonie mélancolique qui avait la grâce d'une plainte. Quelquefois je me surprenais à pleurer en l'entendant, sans savoir pourquoi, et elle m'enveloppait d'un monde de sensations inconnues. Rien ne me paraissait digne d'affection comme cette petite prisonnière ; elle ne se plaignait pas, ne versait pas de larmes, vivait sans agitation au fond de sa tranquille solitude ; et toujours c'était la même chose. Dieu sait depuis combien de temps durait sa réclusion ! Elle semblait résignée, et j'admirais sa résignation, m'étonnant qu'elle n'eût pas encore sauté par la fenêtre.

Que n'aurais-je pas donné pour voir s'entr'ouvrir les mystérieuses persiennes de sa demeure ! J'avais beau les pousser du doigt, très doucement, il est vrai ; elles paraissaient déterminées à ne pas vouloir céder, et je me figurais des verrous, des complications de serrurerie, toute une armature de porte de prison.

Puis, mes yeux ne pouvant pénétrer jusque-là, mon imagination se mettait à faire le voyage à la place de mes yeux ; et c'étaient des enchantements à n'en pas finir. Je rêvais des chambres hautes et ombreuses où le soleil glissait par la fente des volets, en rais menus qui lamaient d'or des silhouettes d'objets étranges. De larges fleurs rouges s'épanouissaient dans des vases ; il y avait au fond des aquariums un fourmillement de dorades étincelantes.

J'arrivais ainsi jusqu'à la chambre où ma petite recluse habitait. Là, c'était bien plus beau encore : les murs étaient tendus de tentures jonquille avec des jonchées de fleurs peintes on or, et, derrière un paravant de laque, un divan amoncelait ses coussins de soie brochés de colibris et d'oiseaux de paradis. Chaque fois que le balcon se refermait, elle se retirait au fond de sa chambre et se couchait dans la chaleur des coussins. Dormait-elle? Veillait-elle? C'est ce que je ne pouvais savoir ; mais je la revoyais tout à coup se levant, ouvrant son balcon et regardant au loin de ses yeux clairs, avec son sourire triste, sa patience éternelle.

Une chose me tourmentait. Je faisais des efforts désespérés pour attirer sur moi ses regards ; mais elle s'y refusait, persistant à les tourner à droite et à gauche constamment. Cela finit même par m'irriter. Qu'avait-elle besoin du secours des autres puisque j'étais là? Doutait-elle de moi? Me dédaignait-elle? Ma tendresse connut alors des heures mauvaises, et quelquefois je la suppliais de parler, de se promener, lui promettant de cesser de l'aimer si mon affection lui causait de l'ennui. Hélas! elle ne répondait pas et continuait son petit manège avec l'indifférence triste qui d'abord m'avait charmé et maintenant commençait à m'obséder.

Je n'étais pas assez grand, en ce temps, pour comprendre que la foi seule sauve dans les choses de la vie. Je fus pris un jour de la curiosité de vérifier par le témoignage de mes yeux la réalité de mes rêves ; je conçus le désir de connaître le mystère dont s'entourait mon idole. Non content de l'aimer à distance, je voulus la tenir dans mes mains, pénétrer dans le silence de sa demeure. Ce ne fut pas sans un grand battement de cœur ; il me semblait que j'allais commettre une mauvaise action. Une rage de savoir l'emporta et naturellement il en résulta un grand malheur.

Un jour, au moment où la fenêtre s'ouvrait, je glissai ma main par-dessus le balcon. Je ne fus pas arrêté par la douceur profonde de son regard, par l'attitude pleine de confiance avec laquelle elle se présentait à moi. Je posai mes doigts sur sa taille et l'attirai doucement. Elle céda, se pencha, tandis que la musique continuait à jouer mon cher petit air, avec un peu plus de tristesse, toutefois, que d'habitude. Il me semblait que les notes m'arrivaient à présent comme le gémissement d'une personne qu'on fait souffrir ; mais j'étais si heureux de me trouver en possession de ma petite fée, que je ne pris pas garde à ce que cet affaiblissement dans la vibration avait d'étrange. Ma main imprima un mouvement plus vif à la dame du balcon, et, tout à coup, j'entendis le bruit d'un ressort qui se rompt.

L'instant d'après, je tenais dans mes doigts le corps inerte de ma chère passion ; celle après laquelle j'avais tant soupiré n'était qu'une assez pauvre petite poupée. Ma curiosité fut bien punie. Ce que j'avais pris pour un mystère n'était qu'un mécanisme, et je n'en recueillis que les morceaux.

LA PRINCESSE MIDJA

ET LE PETIT RAMONEUR.

L'arrivée de la princesse Midja mit toute la boutique sens dessus dessous.

C'était une fort jolie personne au teint cuivré, et dont les yeux noirs semblaient deux étoiles décrochées du ciel. Elle portait sur de longs cheveux une mignonne calotte rouge passementée d'or. Une veste également brodée d'or s'ouvrait sur sa poitrine, laissant voir une chemise fine comme de la dentelle et pour ceinture une écharpe si souple qu'on l'eût fait passer à travers le trou d'une aiguille. On voyait s'arrondir ses genoux à travers sa jupe d'un vert lustré, et deux petits pieds chaussés de babouches imperceptibles sortaient de ses culottes bouffantes couleur cerise.

Toute son aimable personne était entourée d'or et de soie, et elle était parée comme une châsse. Ni l'émeraude ni les rubis n'ont les feux qui sortaient de sa jupe, de ses pantalons, de ses babouches et de sa veste. On eût dit vraiment que l'artiste avait mêlé aux filigranes dont ses atours étaient arabesqués l'or pur d'un rayon de soleil. Elle était montée sur un magnifique éléphant blanc au dos duquel une selle haute en velours grenat, écussonnée de paillon, formait comme un trône, et un dais arrondi en parasol l'abritait contre la lumière aveuglante des déserts.

La vérité est qu'elle avait vu le jour chez un fabricant de jouets de la rue Saint-Denis; mais un sultan n'eût pas mis plus de soin à l'élever que le bon fabricant n'en mit à la parer pour en faire une vraie princesse.

Aussi peut-on affirmer que jamais créature plus belle n'étala sa beauté en fleur dans un palanquin, et les plus orgueilleuses d'entre les poupées demeurèrent comme pétrifiées devant son apparition.

En un instant, le bruit qu'une princesse était arrivée courut par la boutique. La traînée de poudre alla réveiller les jouets dans les coins les plus noirs.

On vit se dresser dans le fond de leurs boîtes les petits soldats en bois et en fer-blanc; Polichinelle se mit à danser une gigue forcenée, au point qu'il embrouilla tous ses fils; Arlequin faillit avaler sa batte; le patriarche qui gardait les moutons à l'entrée de la crèche de Noël oublia si bien sa mission qu'il laissa un loup s'approcher des deux bœufs; — et pourtant c'était un loup d'un rouge feu, d'un rouge à incendier les yeux. — Les trompettes sonnèrent des fanfares, les tambours battirent aux champs, les toupies ronflèrent en tournant sur elles-mêmes comme de petites folles, et un poussah en caoutchouc, gros et couvert d'or comme un nabab, proposa des millions à un petit monsieur monté sur des échasses, si seulement il voulait

L'ARRIVÉE DE LA PRINCESSE MIDJA MIT TOUTE LA BOUTIQUE SENS DESSUS DESSOUS.

lui prêter ces dernières, afin de voir de plus près, ne fût-ce qu'un instant, l'astre nouveau dont la clarté illuminait la boutique. Je ne parle ici, bien entendu, que d'une partie des choses qui eurent lieu, car les moulins à vent se mirent à tourner de leur côté comme des moulins qu'ils étaient, les canards oublièrent qu'ils devaient suivre en tout lieu la petite nacelle d'où un pêcheur les remorquait avec l'aimant de sa ligne; des chiens crièrent cocorico et des coqs aboyèrent; bref, il y eut un bouleversement général.

Midja était seule au monde. L'Arabe à cheval, qui était entré dans la boutique en même temps qu'elle, n'était qu'un serviteur, et encore était-il si fort occupé de tenir sa lance en arrêt pour transpercer des lions imaginaires, qu'il oubliait absolument de veiller sur la pauvre princesse.

Le maître de la boutique s'en aperçut. Il dépendit le plus beau de ses polichinelles et le posa devant Midja en lui disant :

« Tu seras son tuteur, Polichinelle. Prends bien garde qu'il ne lui arrive malheur. Établis autour d'elle une triple barrière et empêche le loup d'arriver à cette brebis. »

Polichinelle remua ses deux bosses en signe d'assentiment.

Mais Polichinelle est un madré compère. A peine le maître de la boutique l'eut-il investi de sa tutelle qu'il pensa en profiter pour lui-même. Aussi bien les jolis yeux de Midja avaient jeté le trouble dans ses bosses.

Il commença par établir une garde autour d'elle. Il fit avancer les lions, les ours, les chiens, les chats, les girafes, les panthères, les tigres, et leur ordonna de miauler, de rugir, d'aboyer, de hurler, aussitôt que quelqu'un ferait mine de s'approcher de la princesse. Ensuite il prit trois sapeurs dont la barbe s'épanchait comme un fleuve, deux turcos à l'air effroyable et toute une armée de petits soldats de plomb guillerets et décidés, et il les rangea en bataille autour des lions, des tigres, des ours, des panthères et des chiens.

Puis il nomma un général.

Ce fut le bel amiral en pantalon blanc et en casaque rouge.

Cela fait, Polichinelle commença le siège de sa jolie pupille. O malheur! aux premiers mots de mariage qu'il lui dit, Midja fit entendre un si frais éclat de rire que les petits arbres de la bergerie, dont les feuilles sont faites de brins de mousse, agitèrent leurs têtes rondes, s'imaginant que c'était le vent du matin.

Polichinelle n'aimait pas la plaisanterie quand il en était le sujet. Il ressemblait en ce point à des gens de ma connaissance, qui trouvent bon d'aiguiser leurs dents à tout propros, mais ne souffrent pas qu'on leur chatouille seulement l'épiderme. Il pinça sa bouche, remua ses yeux de coq en colère et fit valoir ses droits.

La belle princesse lui répondit en riant plus fort, et aussitôt les lions, les ours, les panthères se mirent à rire comme elle; les turcos et les sapeurs se tordirent de leur côté; une immense hilarité fit osciller sur leur base les petits soldats de plomb, et l'amiral lui-même poussa un vif éclat de rire.

Polichinelle fut outré de colère.

Ses bosses remontèrent jusque dans sa gorge. Il s'empara d'un canon et le dirigea sur l'armée avec l'intention de lui faire un mauvais parti.

Malheureusement il se trompa de côté; le coup partit, et un pois sec alla lui briser sa pratique dans la poitrine.

Dès ce moment, Polichinelle fut muet. Jugez s'il enragea.

Ce fut Arlequin surtout qui se gaussa de son aventure! Une vieille haine existe entre Polichinelle et Arlequin, et jamais personne n'a pu les mettre d'accord.

Arlequin, pour mieux se moquer de Polichinelle et aussi pour attirer l'attention de Midja, se mit à faire de ses bras et de ses mains une télégraphie si expressive que le petit moulin à vent, s'imaginant rencontrer un rival, tourna ses ailes avec une véritable fureur.

Mal lui en prit, car, dans sa précipitation, il tourna ses ailes à rebours, ce qui le mit absolument hors d'état de servir.

Le cœur de la princesse n'était pas de ceux qu'on prend avec un peu de miel. Une petite bastille de carton peint, qu'on voyait dans un coin, était bien plutôt son image; comme elle, son cœur était entouré de solides murailles, et l'artiste l'avait fait du meilleur de son fonds.

Aussi, tandis qu'Arlequin s'épuisait à lui plaire, ses yeux regardaient au loin, par delà les petits soldats, le bel amiral, les ménageries et les chemins de fer à vapeur, une crèche de Noël où un délicieux enfant en cire montrait sa tête rose, sur laquelle s'allongeait le cou de deux grands bœufs en bois. Un tendre sourire erra sur sa bouche à la vue de ce tableau charmant; puis son attention s'orienta vers un toit en tuiles rouges au haut duquel un ramoneur tout noir, mais joli comme les amours, criait : « Ramoni, ramona! » Il avait des yeux bleu de ciel, des lèvres cerise, un teint dont la blancheur contrastait avec la suie de ses habits.

Une assez grande distance les séparait l'un de l'autre, et pourtant, — qui expliquera ce mystère? — dès le premier regard, la princesse lut au fond de l'âme du petit ramoneur comme au fond d'un livre ouvert.

« Il sera mon époux, » se dit-elle.

Alors son petit cœur se mit à battre, un incarnat plus vif colora ses joues, et, par-dessus l'armée des petit soldats, les ours, les panthères, les gendarmes et toutes les barrières que Polichinelle avait élevées entre elle et les séductions du dehors, elle envoya de ses doigts mignons un gracieux salut au joli ramoneur.

Celui-ci, pris d'un tremblement, fût tombé d'un toit sans un crochet qui le retint à point par le pan de son vêtement.

Quand il se fut remis debout et qu'il osa diriger ses yeux vers l'endroit où il lui avait semblé voir se lever le jour pour la première fois, il ne distingua plus rien. La nuit était venue, et le marchand avait éteint le gaz de la boutique.

Il veilla sur la crête du toit, épiant la clarté du matin.

Les coqs chantèrent. Un filet de lumière passa par les joints des volets, et, ceux-ci ayant été enlevés, il fit grand jour dans la boutique.

Rien ne peut exprimer la douleur du petit ramoneur quand il s'aperçut que Midja n'était plus à sa place accoutumée. Chose étrange, l'armée avait disparu en même temps qu'elle.

Il eut bientôt l'explication du mystère. Un bruit de fifres et de tambours fendit l'air, c'était l'armée qui rentrait. Sans doute elle revenait d'une expédition lointaine, car les petit soldats avaient perdu la fraîcheur de leurs beaux uniformes tout neufs. Au loin, la campagne était pleine de débris ; des arbres étaient renversés et une bergerie, dont les ouailles à rubans roses s'étaient éparpillées, semblait avoir soutenu un siège en règle.

Au milieu des soldats marchait un homme à longue robe noire. Il portait un bonnet pointu, une paire de lunettes et une grande barbe grise. Vous avez reconnu le Magicien ; c'était en effet cet homme rusé.

Voici ce qui s'était passé.

Arlequin avait formé le projet de s'emparer de la jeune princesse Midja. Il avait promis au magicien des charges considérables s'il l'aidait dans son projet. Et l'autre avait accepté. La nuit venue, ils avaient profité du sommeil des ours, des panthères, de l'amiral, de Polichinelle et des petits soldats pour pénétrer jusqu'à leur victime. Avant qu'elle eût pu pousser un cri, ils l'avaient garrottée, bâillonnée, puis entraînée.

Ils avaient compté sans Polichinelle.

Depuis son aventure, celui-ci ne dormait plus ou ne dormait que d'un œil. Il entendit du bruit, regarda et s'aperçut de la disparition de la princesse.

Polichinelle ne pouvait plus parler, mais il s'agita avec tant de violence au bout de son fil qu'il parvint à attirer l'attention de l'amiral.

En un instant l'armée fut sur pied, et tout le monde apprit que Midja avait disparu.

Les tambours battirent le rappel, les compagnies s'organisèrent, et, en moins de temps qu'il n'en faut pour l'écrire, les petits soldats s'élancèrent dans la campagne à la poursuite des ravisseurs. Le petit jour se levait à peine qu'ils mirent la main sur la belle princesse tout éplorée et sur l'astucieux magicien, mais ils ne purent s'emparer d'Arlequin.

Ce furent des cris de joie quand on vit revenir Midja. Seul le ramoneur ne cria pas, mais il manqua de tomber du toit pour la seconde fois. Un bruit singulier le rappela à lui et lui fit regarder dans la cheminée. Ouais! Quelqu'un était dedans, qui n'était autre qu'Arlequin.

Le petit ramoneur savait par la rumeur publique qu'Arlequin était un des ravisseurs de Midja. Il aurait pu le trahir, le dénoncer à la justice; il n'avait qu'à dire un mot. Mais c'était un cœur compatissant et généreux; il oublia qu'Arlequin était son rival; il ne vit plus en lui qu'un malheureux persécuté.

Arlequin l'assura qu'il était touché du procédé et lui jura reconnaissance éternelle. Le pauvre garçon n'en demandait pas autant. Il lui suffisait d'avoir dérobé son nouvel ami aux recherches de l'armée. Arlequin demeura donc tout un jour caché dans la cheminée, assez mal à son aise et rêvant au moyen de se tirer d'embarras.

Vers le soir, un cortège se forma. De l'endroit où ils étaient, ni Arlequin ni le petit ramoneur ne pouvaient le distinguer très nettement ; mais petit à petit le cortège se rapprocha, et tous deux purent voir alors, au milieu d'un détachement de petits soldats, le malheureux magicien, les mains liées derrière le dos, la tête basse et l'air piteux comme un homme qu'on mène au supplice ; c'était en effet au supplice que l'on conduisait le magicien.

« Ah ! pensa Arlequin, c'est pourtant là ce qui me serait arrivé à moi-même si j'avais été pincé ! »

Tandis que le cortège s'éloignait, une idée germa dans le cerveau d'Arlequin. Il se défit de son costume, pria le ramoneur de l'endosser et mit lui-même les habits noirs de suie de son compagnon.

« Attends-moi ici, dit-il à son trop crédule sauveur. Je serai de retour dans un instant. »

En disant ces mots, il se laissa tomber du haut de la cheminée dans la rue ; le perfide courut d'un trait jusqu'à l'amiral et lui dit qu'il avait vu Arlequin se glisser dans la cheminée qu'on voyait de l'endroit où ils étaient.

L'amiral donna l'ordre aussitôt de se mettre à la poursuite d'Arlequin, et déjà l'on amenait aux juges le malheureux petit ramoneur, sous son travestissement, quand la princesse s'écria que le dénonciateur n'était qu'un faux ramoneur et qu'il ne ressemblait en rien à celui qui la regardait du haut de son toit.

On entendit en ce moment le bruit d'un ressort poussé avec violence, et, chacun s'étant retourné, on vit le diable à surprise sortir de sa boîte avec sa barbe de crin, son bonnet à grelots et son rire qui lui fait le tour de la tête.

Il avait l'air tout guilleret et se frottait les mains de l'air d'un homme qui va joliment débrouiller un chaos.

« La princesse a raison, dit-il, voilà le véritable ramoneur; l'autre est Arlequin, le vrai Arlequin, Arlequin le traître! »

Arlequin se sentit perdu, il arracha sa batte des mains du ramoneur, et, dans son désespoir, se la passa à travers le corps. . . . .

Le lendemain matin, le marchand trouva vide la place de la belle Midja; il chercha dans tous les coins et ne la trouva pas. Le petit ramoneur et elle s'étaient pris par la main, paraît-il, et ils étaient allés, toujours courant, demander au père et à la mère du petit ramoneur leur bénédiction et la permission de se marier.

Ce fut un grand bruit dans le magasin de joujoux; on y avait déjà vu des rois épouser des bergères, mais une princesse épousant un ramoneur, cela paraissait exorbitant. Toutefois, les bruits cessèrent un beau jour : on avait eu la consolation d'apprendre par un journal qu'une grande dame y avait oublié, que le petit ramoneur n'était pas un simple ramoneur, mais bien un prince déguisé. On respira. Les convenances étaient sauvées, et les plus malins furent ceux qui déclarèrent qu'ils avaient dès longtemps deviné que le petit ramoneur n'avait jamais été qu'un faux ramoneur, parce que, disaient les hommes : 1° il avait de trop grandes manières; et 2°, ajoutaient les dames, il était toujours très bien débarbouillé.

LA VIE ET LES JOUETS.

C'est un monde étrange et charmant que le monde des jouets, et je serais bien tenté de taxer d'insensibilité celui qui ne serait pas ému des efforts qu'ils font pour ressembler aux hommes. Ils nous empruntent leur forme, leur visage, leur démarche ; ils forment entre eux une sorte de petite humanité qui a nos vices et nos passions, et leur unique destinée est de chercher à nous plaire en nous imitant. Tout petits, nous les aimons déjà comme une image de nous-mêmes, et, quand nous sommes rassasiés du plaisir qu'ils nous donnent, nous les brisons, comme nous brisons quelquefois plus tard nos amitiés les meilleures. Ils sont notre première tendresse; c'est par eux que nous nous initions à la vie, et ils ont entre nos mains une docilité qui ne se rencontre que rarement chez les hommes.

Un jour arrive où notre activité ne se satisfait plus de leur bonne volonté; nous cherchons à les remplacer alors par d'autres jouets, vivants ceux-là, et qui quelquefois finissent comme eux victimes de notre indifférence et de notre cruauté. Ainsi l'homme ne varie jamais; devenu grand, il garde les curiosités qu'il avait étant petit, et, de même qu'il a fait pour les jouets, amusement de son enfance, il brise ceux que son âge mûr se donne, pour voir « la petite bête qu'il y a dedans ».

Hé! ne voyez-vous pas que ce petit mécanisme, qui est le cœur chez les hommes, est aussi le cœur chez les jouets? C'est par là qu'ils vivent, qu'ils se mettent en mouvement, qu'ils obéissent à nos caprices; c'est par là encore qu'ils nous ressemblent et, comme eux, c'est par là que nous vivons et que nous mourons. Otez le cœur à l'humanité, et elle devient une énorme machine inerte à laquelle manquent les ressorts qui la font mouvoir; elle n'a plus dès lors qu'à s'endormir dans le néant, n'ayant plus rien qui la réveille et la stimule.

Qui ne se souvient de la petite bête mystérieuse des jouets? Avec quelle inquiétude effarée nous posions l'oreille à l'endroit où le mécanisme se faisait entendre! Nous eussions voulu voir à travers le jouet pour savoir ce qui se passait à l'intérieur, et quelquefois nous étions malades du désir de briser l'objet. Une certaine frayeur se mêlait à notre curiosité ; nous redoutions des révélations périlleuses, et puis, on ne sait pas, cela pouvait éclater, nous frapper aux yeux, à la tête, aux mains, se venger enfin de notre indiscrétion. Il y avait toujours alors une vieille histoire de petit garçon puni pour avoir voulu connaître un secret, qui nous revenait à la mémoire et paralysait notre main prête à mettre en pièces le jouet.

Mais, petit ou grand, l'homme est le même ; rien ne l'arrête qu'il ne soit arrivé au but de ses désirs, et il a, pour vouloir ce qu'il fait, tout un arsenal de petites ruses au moyen desquelles il a l'air de faire ce qu'il ne veut pas. La « petite bête » nous empêchait de dormir ; tantôt nous nous la représentions comme un être noir et velu, avec un grand nombre de pattes, toutes ces pattes remuant ensemble, tantôt comme un joli papillon faisant frou-frou des ailes, ou comme l'écureuil tournant une roue activement.

Naturellement, ces suppositions ne faisaient qu'augmenter notre impatience, et, un beau jour, n'osant briser de nos mains l'objet, nous le laissions tomber sur le plancher où il se fendait, s'ouvrait, livrait enfin un passage à nos yeux.

Quelle déception ! La petite bête n'était le plus souvent qu'un fil d'archal, un ressort d'acier, un vulgaire rouage de bois ou de métal.

Comme nous regrettions alors notre curiosité ! Comme nous déplorions notre folie ! Quelquefois même un peu de larmes était répandu sur le sort de l'infortuné jouet, avec cette hyprocrisie qui consiste à pleurer ceux dont on a fait le malheur. Hélas ! nous recommencions à quelques jours de là, et, pourquoi le nier ? la plupart d'entre nous ont recommencé toute leur vie. La haine du mystère nous dévore incessamment, nous amoncelons des ruines pour arriver à la petite bête, et, quand nous l'avons découverte, nous regrettons de ne pouvoir l'ignorer encore.

Cette petite bête, en somme, n'est-ce pas l'histoire de

toute notre vie? Elle est le rêve avec ses obscurités; elle est l'illusion avec ses profondeurs de doute; elle est la chimère avec ses déceptions; elle est l'idéal et le bonheur : elle fait le tourment de notre esprit tant que nous ne l'avons pas arrachée du mystère au fond duquel elle se dérobe, et, lorsque, enfin, nous la tenons dans nos mains, nous sommes pris d'une douleur en la voyant si petite à côté de la hauteur que lui prêtait notre songe.

C'est la loi de la nature. Pourquoi récriminer? On commence par les jouets, on finit par l'homme; mais, au fond, c'est toujours la même chose, et cela dure jusqu'au moment où la mort nous laisse à son tour tomber à terre pour voir, — elle aussi, — le mystère qui est en nous.

Mais les jouets ont plus de philosophie que nous n'en avons; ils ne raisonnent pas. Ils s'offrent sans arrière-pensée à leurs petits bourreaux, et rien n'est admirable comme leur placidité. Les plus féroces d'entre eux ont l'air de s'attendrir dans les mains roses qui les manient; il n'est pas jusqu'au terrible diable des tabatières à surprise qui ne s'adoucisse au point de paraître tout à fait innocent.

Dieu sait pourtant si les autres jouets le redoutent! Il est la terreur du monde qui l'entoure, et son ombre plane sur les poupées comme la menace des châtiments éternels. Remarquez-le bien, pourtant : autant il est farouche quand il est au milieu de ses semblables, autant il fait le diable pour rire dans la société des bambins. Soyez sûr qu'il regrette qu'on lui ait laissé pousser la grande barbe hérissée qui l'empêche d'être pressé contre leurs joues fraîches.

Pour moi, plus je vieillis, plus je trouve de plaisir à remonter au temps où j'avais le droit de m'amuser avec les jouets. C'était le bon temps; si j'ai un regret, c'est qu'il soit disparu si tôt.

Nous nous entendions bien, mes polichinelles et moi; j'en cassais, il est vrai, par-ci, par-là, mais je les payais

IL EST LA TERREUR DU MONDE QUI L'ENTOURE.

alors d'une telle tendresse qu'il ne me semble pas qu'ils aient dû m'en vouloir. Depuis, je me suis amusé à d'autres jeux, j'ai connu d'autres jouets ; j'en ai peut-être bien compromis quelques-uns, et ceux-là n'ont pas été pour moi si faciles à pardonner, car les vrais jouets n'ont pas de fiel ; c'est ce qui fait leur différence avec les autres.

J'ai beaucoup aimé les petits soldats de plomb, les animaux des bergeries, les lapins jouant du tambour, les chevaux à bascule et les pantins.

J'ai même conservé pour ces derniers une vieille affection ; mais je me contente de les étudier parmi les hommes.

Le monde, après tout, n'est-il pas trop souvent un bazar à jouets, et n'y voit-on pas quelquefois, comme chez le marchand, des arlequins, des polichinelles, des poupées en cire avec ce même diable à surprise qui n'a pas mal l'air de ressembler au destin? Hochets, fortune, joujoux, caprices, n'est-ce pas la même chose, à ceci près qu'il y a toujours un peu de leur sang aux hochets avec lesquels jouent les hommes? Beaucoup de paillon, de clinquant, d'oripeaux et de fariboles dans l'un et l'autre cas, et, dessous, du son, de la baudruche et du carton-pâte : c'est la leçon que nous font les jouets, et nous oublions de l'appliquer à la vie.

Hélas! le monde des jouets est doublement le nôtre ; c'est nous qui les brisons, mais c'est nous aussi qui les faisons. Leur histoire se rattache à celle des hommes ; ils ont les mêmes vicissitudes, ils subissent les mêmes infortunes. Ils leur ressemblent à ce point que, chaque fois que l'homme change, le jouet change aussi.

Je ne suis pas bien vieux, et pourtant j'ai vu se succéder plusieurs générations de jouets. D'abord, quand j'étais enfant, on ne connaissait ni les poupées à trente six-quartiers, ni les salons où l'on organise des bals, ni les carrousels de vélocipèdes. C'était bien plus simple : j'ai fait mon bonheur pendant longtemps d'un omnibus qui n'avait qu'une parenté éloignée avec les trains de chemin de fer d'aujourd'hui ; et les petites filles se contentaient de poupées à tête de bois, sur le front desquelles s'effilochait un peu de filasse jaune.

Il est vrai qu'alors, si les jouets étaient simples, les hommes étaient plus simples aussi qu'ils ne le sont à présent. Il n'y avait pas ce faste exagéré qui est devenu la monnaie courante de nos mœurs, et les dames s'habillaient simplement comme les poupées. Maintenant, oh! maintenant, il est à peu près aussi difficile de s'acheter une poupée que de se mettre en ménage.

Regardez défiler dans les rues les petites filles, cette graine des petites dames de plus tard : elles sont femmes déjà par la toilette et la tournure ; elles marchent, le buste droit, avec des mines envolées, et elles sont parées comme des châsses. Il n'y a pas de différence avec leurs poupées ; il semble même que celles-ci aient servi de patron, tant les unes et les autres ont le charme étrange de l'artificiel. Elles portent les cheveux ébouriffés, se coiffent à la chien au-dessus des yeux, affectent le même sourire, le même regard, sont chargées d'étoffes toutes deux, ont enfin en commun un petit air dédaigneux, trop à la mode dans les salons.

C'est au point que la plus poupée n'est pas toujours celle qu'on pense.

Il y a loin de cela aux petites filles à jupons courts, à pantalons bas, qui promenaient dans leurs bras des poupées affublées comme elles de larges chapeaux de paille. C'était le temps de la candeur ; les poupettes et les petites filles semblaient constamment émerveillées, et je me souviens encore de la tache de vermillon pur qui fleurissait la joue des poupées, comme le symbole de l'innocence qui leur était pareille avec les petites filles.

Aujourd'hui, les poupées ont des mines lasses de grandes personnes ; elles sont plutôt pâles que rouges ; si elles pouvaient rougir encore, ce serait de s'appeler du même nom que leurs sœurs du temps jadis. Une ombre de désenchantement se mêle à leur beauté; elles semblent toutes pleurer leurs illusions perdues. Pourtant leur petite vanité ne s'est jamais vue plus fêtée; on les traite en idoles; elles mènent un train de grandes dames, et une poupée qui n'a pas dans son trousseau de la vraie dentelle n'est qu'une poupée vulgaire.

Il est bien difficile de ne pas devenir sérieux en traitant ces graves questions. En effet, derrière la poupée, c'est nous-mêmes qu'il faut voir; elle ne fait que se conformer à notre goût de l'exactitude. Elle est articulée déjà; elle a la couleur et les attitudes du corps vivant; elle marche, elle s'assied, elle ouvre les bras et les jambes, elle est chaussée de vrais bas dans de vrais souliers; elle porte sur la peau une vraie chemise; elle est gantée de vrais gants. Laissez-la faire : elle saura compléter la ressemblance.

Quel effort d'imagination, au contraire, pour sauver l'apparence humaine dans la poupée d'autrefois! Elle était ficelée dans une affreuse peau violette, faufilée tout le long du corps de gros fil gris, avec des boudins en guise de bras et de jambes. Les mains avaient une grossièreté abrupte, comme les pieds, et la tête était maintenue dans les épaules avec de la colle de menuisier qui avait coulé de tous côtés. Il lui était aussi impossible de se tenir debout que de s'asseoir; elle n'avait ni dos ni poitrine, ni endroit ni envers; elle ressemblait à de la vie comme un sabot à un arbre.

Et pourtant, elle faisait la joie de nos sœurs autant que les belles poupées articulées font à cette heure la joie de nos filles. C'est qu'elles lui prêtaient cette vie qu'elle n'avait pas; à force de l'aimer, elles animaient son masque d'un peu de passion humaine, et celles-là du moins pouvaient avec certitude appeler leur fille l'être informe qui n'arrivait à vivre que par elles.

Il y avait là une sorte d'école du sentiment à laquelle je ne puis penser sans mélancolie. Il fallait savoir aimer alors, et les vilaines poupées étaient un apprentissage pour le cœur. On aime d'autant mieux ceux qu'on aime qu'ils sont plus difficiles à aimer, et un peu d'effort finit toujours par donner plus de prix aux choses. Laquelle des merveilleuses poupées à la mode d'aujourd'hui ne se ferait pas aimer du premier coup de la première personne venue? D'abord elle flatte la vanité ; c'est devenu un grand point, et tout de suite on l'aime, autant pour les autres que pour soi; puis, elle est émaillée, elle brille de fraîcheur et de santé, elle a l'air heureux et beau. Elle est donc le contraire de l'autre, puisque celle-là exerçait le cœur à la tendresse, et qu'au rebours celle-ci conduit souvent le cœur à l'indifférence ; elle est aussi vite oubliée qu'elle a été vite aimée.

Je ne défends pas le temps passé, cependant ; j'aime trop le temps présent : je l'aime dans ses manies, dans ses goûts, dans ses fièvres, dans son idéal curieux et tourmenté. Je l'aime moins dans la recherche de la petite bête, dans son goût de l'exactitude, dans ses livres qui sont souvent plus laids que nature, dans ses poupées souvent plus belles que le modèle vivant; mais je pense à nos longues songeries devant les jouets de notre enfance, et je demeure touché de leur étrangeté.

Je sais bien qu'elle n'aidait pas à se former une idée exacte des choses, elle avait en elle une nuance d'hyperbole, au contraire ; mais elle ouvrait dans le cerveau un répertoire de formes rares qui prédisposait aux conjectures.

Souvenez-vous comme l'imagination travaillait pour suppléer à l'insuffisance des silhouettes, comme l'esprit était saisi d'effroi par la fantasmagorie quelquefois terrible des anatomies, comme leurs drôleries d'à peu près nous arrachait des larmes des yeux! Cela nous habituait à voir la nature par ses angles rares, et je crois bien que le jouet a été pour la plupart d'entre nous, artistes et écrivains, le point de départ de nos rêves et de nos travaux. Je ne vois pas très nettement l'espèce d'art que l'on fera quand on sera arrivé à supprimer la part du songe dans le jouet.

Il y a, à l'heure qu'il est, toute une invention considérable de jouets qui s'adressent à l'intelligence. On les appelle jouets, bien qu'ils méritent surtout le nom de problèmes. Ils sont très bons à former de petits ingénieurs, de petits mécaniciens, de petits mathématiciens, ils sont moins bons à former des hommes.

On n'a presque plus le temps, il est vrai, d'être de petits garçons, et l'on est déjà de petits hommes avant d'être des hommes. Tout ce siècle est pris d'une activité sans bornes, les intervalles n'existent plus ; on les brûle en une seule étape, et nous avons en nous une machine à vapeur qui nous fait galoper la vitesse d'un express.

C'est à cette activité effrénée que répond souvent le jouet moderne : il est formel, précis, tranchant, comme une formule ; il s'aide des lois de la mécanique et de la physique ; il est un calcul et une opération du cerveau ; il a la froideur d'une mathématique ; il s'explique par A + B. Il est fabriqué par des savants.

Il arrivera un temps où des bambins de douze ans chaufferont eux-mêmes de vraies locomotives, construiront de vraies lignes de chemin de fer, feront de la métallurgie en petit, et nous verrons fonctionner dans nos appartements des mines en miniature, avec des machines de la force d'un demi-poney. Il n'y aura rien à dire à cela, c'est la marche des choses. Nous qui recherchons le calme pour travailler, nous monterons au grenier pour être plus près de nous-mêmes et plus loin de nos enfants.

Dieu merci, nous n'en sommes pas encore là. Polichinelle et Arlequin sont encore en vie, l'on n'a pas cessé d'acheter des arches de Noé, des petits soldats de plomb, des pantins, des poussahs, des poupées et de la batterie de cuisine en fer-blanc. Il y a toujours des lapins qui jouent du tambour, des ours qui dansent en frappant du tambourin, des chats qui tournent après leur queue, des chevaux de bois au grand galop, des caniches au port d'arme et des ânes à besicles de magister; il y a toujours des serpents articulés, des grenouilles qui sautent en l'air, des lions à tête de veau, des veaux qui ressemblent à des tigres, des renards violets, des panthères bleues et des girafes rouge-vermillon. Le meunier continue à se tenir immobile sur la plate-forme de son moulin; le soldat continue à monter la garde à la porte de la prison; la petite dame mystérieuse continue à paraître toutes les dix minutes à son balcon; le singe savant continue à jouer de la contrebasse en hochant la tête et en remuant les yeux, et la petite souris blanche, qui se remonte avec une clef, continue à partir dans les jambes au moment où on s'y attend le moins. Puis c'est l'équilibriste qui fait du trapèze; c'est le jongleur qui lance en l'air des boules de cuivre; c'est le tambour qui bat la marche; c'est encore le petit musicien qui frappe l'une contre l'autre ses cymbales, la fermière assise entre ses deux paniers sur son âne, la cantinière avec son petit tonneau, le rémouleur qui presse du pied la roue, le chemin de fer qui fait deux fois le tour de la table, les trois poules et la bergère qui font couic-couic et qu'on tourne avec une manivelle, le théâtre des marionnettes, le Guignol, etc.

Je reconnais bien là toujours cette humanité en petit qui a fait la joie de notre jeunesse. Elle est plus drôle que l'autre; du moins elle ne fait pas verser de larmes. Il me semble la voir s'étaler encore, comme aux beaux jours de nos dix ans, dans la lumière des magasins, avec ses paillons, ses satins, ses bleus flamboyants, ses verts à faire pâlir les gazons, ses splendeurs invraisemblables; mais tout à coup, l'aimable vision s'enveloppe d'ombre et lentement disparaît dans les lointains.

« Coucou! » fait l'horloge.

Et je compte les années qui ne sont plus.

Une, deux, trois, dix, vingt, trente... Déjà!

L'HISTOIRE DU COUCOU.

LÉGENDE FLAMANDE.

« Grand-père! grand-père! une histoire! » crièrent en chœur les petits enfants, un soir que le vent soufflait bien fort dans la cheminée et que les grêlons tintaient contre les vitres.

L'aïeul poussa une bûche dans le feu; puis, ayant assujetti sur ses cheveux blancs la petite calotte passementée de perles qu'il portait été comme hiver, il s'allongea dans son fauteuil, toussa trois fois et commença :

« Une histoire! mes enfants! Il y a beau temps que je vous en raconte, et tout à l'heure je n'en saurai plus.

« Frantz, fermez la porte : Minette vient d'entrer ; je l'aperçois là qui rôde sous nos chaises ; elle veut avoir aussi sa part du récit.

« Bien! Maintenant, écoutez-moi. Je vais vous raconter l'histoire du coucou. Vous souvenez-vous, mes chéris, de ce vilain oiseau noir qui, dans les bois, crie : « Coucou! coucou! »

— Oui, oui, grand-père, s'écrièrent les enfants. Coucou! comme la pendule qui est accrochée dans la chambre à manger de notre voisin Bergmans.

— Précisément. Eh bien, le coucou n'a pas toujours été ce vilain oiseau noir ; il fut un temps où il était boulanger, oh! il y a bien longtemps, et ce boulanger encourut la disgrâce du Seigneur. Rapprochez-vous tous. C'est cela, plus près... Ma voix est un peu sourde ce soir. »

On entendit grincer les chaises sur le parquet, et toutes les petites figures, blondes les unes et brunes les autres, formèrent, dans la lueur projetée par le foyer flambant, un cercle autour du grand-père, qui, attirant à lui une mignonne fillette, posa sa main sur ses longues tresses couleur de chanvre et continua ainsi :

« Or donc, il y avait une fois, dans un petit village des Flandres, un boulanger qui vendait des pains tellement beaux qu'on venait les lui acheter de deux lieues à la ronde. Sa boutique, située sur le bord d'une grand'-route, avait un si joli air de prospérité que les étrangers s'arrêtaient à contempler ses petites vitres luisantes, derrière lesquelles s'entassaient les miches dorées, et demandaient :

« — A qui est cette riante maison?

« Et les voisins répondaient :

« Elle est au plus riche boulanger des environs. »

« En effet, il était riche, ses coffres regorgeaient d'argent. Tout le jour la sonnette pendue à la porte tintait, et il n'avait pas assez de ses bras pour servir toutes les personnes qui se présentaient.

« Quelquefois c'était un gros fermier passant là dans une carriole recouverte d'une bâche, et, tandis que son cheval, encore plus gros que lui, soufflait un instant, il entrait demander un pain d'une voix tonnante, jetait brusquement son argent sur le comptoir, puis repartait en oubliant de tirer la porte après lui. D'autres fois c'étaient des rouliers, des messagers, des marchands forains, et tous, vivant largement du produit de leur profession, avaient le rire sonore, le geste hardi, la mine joviale.

« Mais, à côté de ceux-là, il en venait dont les mains tremblaient soit de fièvre, soit de froid : les uns étaient habillés de vieilles loques tant bien que mal rapiécées ; les autres, presque nus, étaient trempés jusqu'aux os par la pluie. Ils n'entraient pas en frappant des pieds comme les rouliers et les marchands, mais faisaient grelotter doucement la sonnette, trop fort cependant au gré du patron, qui ne manquait jamais de les tancer, criant :

« — Peut-on imaginer pareille insolence chez de pa-
« reils vagabonds ! Bien sûr ils finiront par renverser la
« maison. »

« Au contraire, il s'inclinait très bas quand un fermier hautain cognait du poing sur le comptoir et menaçait de tout saccager s'il n'était pas immédiatement servi.

« — Allons, femme, garçons, criait-il, un peu d'empres-
« sement, paresseux que vous êtes ; ne voyez-vous pas que
« ce digne homme est pressé. Dépêchons-nous à lui donner
« ce qu'il nous demande. »

« Et il en était fait ainsi.

« Les pauvres, eux, ne répondaient pas ; mais, doux, ils posaient poliment, sur le bord du comptoir, la piécette qui servait à payer le pain qu'ils achetaient, et, sans bruit, ils se retiraient, en ayant soin de fermer la porte sur leurs talons, tandis que le méchant boulanger jetait, d'un geste méprisant, leur argent dans son tiroir.

« Je ne sais pas si je vous ai dit que le boulanger avait une barbe, oh! une belle barbe noire et raide comme du crin, et elle montait jusqu'à ses mauvais petits yeux clignotants, qui avaient l'air d'étinceler dans un lit de charbon.

« Mais c'était surtout quand ils se fixaient sur la maison voisine, une large maison délaissée par un vieux marchand de bois, que ses yeux pétillaient.

« Ah! se disait-il, perdu dans ses rêveries, quand donc « aurai-je assez pétri de pains pour m'acheter cette riche « demeure? Il y aurait dans la chambre du bas un grand « dressoir tout reluisant d'argenteries, et, chaque année, « une tonne de vieux vin irait s'ajouter dans les caves à « toutes celles que j'aurais déjà. »

« Et comme, une nuit, la pensée de posséder la maison du marchand de bois le tenait éveillé, il réfléchit qu'il mettait trop de pâte dans ses pains, bien qu'il les vendît le plus cher possible.

« Aussitôt, réveillant ses garçons, il leur cria de se mettre à l'œuvre, puis tandis que, courant devant les pétrins, ils s'évertuaient à faire de beaux pains comme à l'ordinaire, il leur prit des mains la pâte qu'ils façonnaient et, la diminuant de moitié :

« — Hé! s'écria-t-il avec colère, n'est-ce point encore « trop pour les pauvres diables qui s'approvisionnent à notre « boutique! Nous sommes bien bons de les gâter ainsi. »

« Le matin, à la place des larges pains accoutumés, on vit contre les vitres des miches maigres et raccornies; les pauvres villageois, surpris et attristés de ce changement, allaient et venaient devant la boutique du méchant homme sans oser entrer.

« A la fin, quelques-uns se décidèrent :

« Certainement, représentèrent-ils au boulanger d'une « voix respectueuse, vos pains ont dû diminuer à la cuis- « son, car ils n'ont plus que la moitié de la taille qu'ils « avaient hier.

« — Je ne vous oblige pas à les acheter, » leur répondit-il en se croisant les bras ; et ses regards tombaient sur eux comme des braises.

« Mais Dieu n'abandonne pas les pauvres créatures et sait tôt ou tard punir les méchants ; il arriva ce que je vais vous dire.

« Voilà Minette qui a assez de l'histoire, elle veut sor- « tir. Ouvrez-lui la porte, Frantz, puis revenez vous asseoir.

« Donc, il arriva ceci : une nuit, c'était justement la veille du grand jour de Pâques, le boulanger et ses garçons se démenaient comme de beaux diables dans la cave toute blanche de farine, et tous riaient, riaient à la pensée des bénéfices que le patron allait réaliser le lendemain.

« Il n'est si pauvre escarcelle qui, le jour de Pâques, ne se vide pour des gâteaux et des pains blancs ; et, du fond de sa barbe noire, le boulanger calculait ce qu'il lui faudrait encore économiser de pâte pour obtenir un plus grand profit.

« Chaque fois qu'un des garçons avait fini de pétrir soit un pain, soit un gâteau, il en ôtait la moitié, grondant qu'on méconnût à ce point ses intérêts ; lui-même portait au four ce qui restait ; ensuite il revenait battre les pâtes, tandis que le bois pétillait sous les cendres chaudes, et que, petit à petit, la cuisson s'opérait.

« Jusqu'à l'aube, on entendit geindre et ahanner les mitrons, et, par les soupiraux du sous-sol, on voyait se tordre le long des murs des ombres turbulentes, au milieu desquelles, plus remuante encore, tourbillonnait une ombre cornue. C'était celle du méchant boulanger. La joie le rendait cramoisi, et, par moments, il sondait les poches de son tablier, comme inquiet de les sentir si peu profondes pour contenir tout l'argent qu'il rêvait d'amasser.

« Enfin, le moment de retirer les pains du four arriva; il y en avait bien cent, ronds, carrés, oblongs, en forme de chats, de chiens, de lions et de bonshommes, et tous exhalaient une odeur délicieuse. Jamais plus appétissante fournée ne s'était vue; mais, à mesure que les garçons les retiraient du bout de leurs longues tringles, les belles couleurs qui empourpraient les joues du boulanger faisaient place à une pâleur auprès de laquelle celle de la lune n'était rien. Il promenait autour de lui des regards menaçants, et tout à coup sa colère éclata; son nez s'était allongé de plus d'une aune.

« Exaspéré, il prit un des plus beaux pains, et le foulant à ses pieds, il s'écria qu'il en ferait autant des gens qui se moquaient de lui. Ces paroles s'adressaient à ses geindres, qui tremblaient de tous leurs membres et laissaient pendre leurs bras le long de leurs corps. C'est qu'en vérité avec le triple et même le quadruple de la pâte qu'ils avaient employée pour leur panification, il eût été impossible d'obtenir une plus superbe cuisson; et les pains aussi bien que les gâteaux, gonflés jusqu'à crever, étalaient une croûte dorée comme celle des plus succulentes brioches.

« Hors d'ici, voleurs, vauriens, hurlait le furieux. Il « ne sera point dit que vous m'aurez impunément réduit à « la paille! Je vous apprendrai ce qu'il en coûte de mettre « deux livres de farine là où il en fallait à peine le quart « d'une seule! »

« Et déjà il levait sur eux une des pelles qui avaient servi à enfourner les formes quand il s'avisa d'une réflexion bien simple, c'est qu'il avait distribué lui-même la pâte aux mitrons, et que ceux-ci, par conséquent, ne pouvaient être rendus responsables du volume extraordinaire des pains.

AU MÊME INSTANT, IL CRUT ENTENDRE RIRE DANS LE FOUR.

« Au même instant, il crut entendre rire dans le four. Alors une grande frayeur s'empara de cet homme fourbe, et il se jeta la face contre terre, demandant pardon au ciel pour avoir volé le pauvre monde. Mais le ciel ne pardonne qu'aux repentirs sincères, et celui du méchant boulanger l'était si peu que, tout en implorant la miséricorde divine, il se promettait de diminuer encore sa pâte le lendemain; et, en effet, il réduisit de moitié la faible quantité de farine qu'il avait donnée à ses garçons la nuit précédente.

« Cependant les pains montaient, montaient, et, comme la veille, on eût dit qu'une bénédiction s'était étendue sur la fournée.

« Lui, le méchant, voyant s'augmenter la beauté de ses pains à mesure que s'accroissait sa parcimonie, se félicitait de sa ruse, et du soir au matin se frottait les mains, les yeux fixés sur la belle maison du marchand de bois, qui chaque jour lui semblait plus accessible à son désir. Tout en rêvant au train qu'il mènerait quand il y serait installé, il surveillait de près ses garçons, ôtait par ci, ôtait par là, réduisait les pains de deux livres à l'épaisseur d'une galette, et toujours criait : « Coucou! Coucou! Bon profit! »

« Si bien qu'à la fin il se contenta de tremper l'extrémité de ses doigts dans la farine et se mit à pétrir, avec la menue poussière ainsi ramassée, des pains qui n'en étaient ni moins succulents, ni moins pesants.

« Mais la patience du Très-Haut était à bout et sa colère s'appesantit sur la boutique du boulanger, et voici. Tandis qu'entouré de ses mitrons, il raclait des miettes de pâte au fond des pétrins, criant comme à l'ordinaire : « Coucou! Coucou! Trop! Trop! Coucou! Bon profit! » un coup de tonnerre ébranla la maison, et tout le monde en un instant fut aveuglé par de grands éclairs. En même temps, une voix s'entendit, disant :

« Puisque coucou tu cries, coucou tu demeureras jus-

« qu'à la fin des fins, et ainsi seront punis en toi tous « ceux qui s'enrichissent aux dépens du pauvre monde!

« Un vol lourd se cassait au plafond de la cave, et, chacun ayant levé les yeux, on vit un noir oiseau qui cherchait une issue, criant : « Coucou! Coucou! »

« C'était le mauvais boulanger, mes enfants. La porte étant entre-close, il prit sa volée, disparut dans les bois, et, depuis ce temps, n'a cessé de lancer son mélancolique appel au milieu du silence des choses.

« Mais, je vous l'ai dit, cela se passait il y a bien des siècles ; il ne faudrait donc plus en vouloir au pauvre oiseau, d'abord parce qu'il a eu le temps de se repentir, ensuite parce que le bon Dieu a eu le temps de lui pardonner.

« Il est neuf heures. Allons nous coucher, mes chéris. »

MADEMOISELLE LA FLAMME.

Il y avait plus d'une semaine que le petit ramonenr était sur la cheminée, et personne ne s'occupait plus de lui. Les enfants étaient rentrés en pension, la chambre était solitaire et l'on sait combien dangereuse est la solitude pour certains esprits. Il arriva que le petit ramoneur se lassa de demeurer à la même place, sans autre horizon que le mur qui lui faisait vis-à-vis, avec les deux cadres en bois d'ébène bordant des lithographies. Une chose le tentait surtout : c'était le poêle. Chaque fois qu'on l'allumait, il entendait un grand ronflement, et à ce ronflement succédait une musique de petits crépitements qui ne finissaient pas. Il se rappelait alors les récits étranges, contés à la veillée par la nourrice des enfants ; il se rappelait surtout le voyage d'un petit garçon qui avait quitté ses parents et qui, en marchant dans la campagne, avait trouvé un grand trou par lequel il était tombé jusqu'au fond de l'enfer ; là, le petit garçon avait vu des choses extraordinaires ; il est vrai qu'il avait été brûlé vif pour la peine. Et la nourrice avait terminé en disant que c'est quelquefois ainsi que finissent les petits enfants trop curieux.

Le petit ramoneur n'en demandait pas autant, mais il n'eût pas été fâché, lui aussi, de voir quelque chose d'extraordinaire, sans pour cela partager le sort du petit garçon. Il aimait naturellement le feu comme tous les petits ramoneurs ; c'était un peu son élément, et quand il rêvait, il rêvait de fumée et de cheminées. Quelquefois, le soir, les stores étant clos, il voyait l'ébène des deux cadres s'enflammer d'un reflet rouge, parti du poêle ; en même temps les crépitements redoublaient, clairs sur un roulement de basse continu, et, par moments, la chambre entière s'allumait d'une pourpre éclatante. Puis le tapage diminuait, des soupirs succédaient au large ronflement de la basse, et tout d'un coup la chambre rentrait dans une ombre froide.

C'était donc dans le poêle qu'était renfermé le charme qui faisait la chambre triste ou gaie ; à coup sûr un magicien en avait fait sa demeure, et le ramoneur se sentit très ému à la pensée qu'il n'avait qu'à se laisser tomber par le couvercle du poêle pour voir de près ces sortilèges. Il n'eut bientôt plus qu'une seule idée : descendre de la cheminée et pénétrer dans la demeure enchantée. Mais comment faire? La servante entrait une fois toutes les heures, soulevait le couvercle du poêle, enfournait une ou deux pelletées de charbon, puis se retirait, et cela se faisait très rapidement. Le couvercle ne restait levé qu'une minute à peine, et il ne parut pas possible au petit ramoneur de dégringoler de sa place en si peu de temps.

Il remarqua qu'il y avait près du poêle un vaisseau rempli d'une matière noire, et que la servante prenait régulièrement dans ce vaisseau les pelletées qu'elle mettait dans le poêle ; or le vaisseau était précisément au-dessous de lui.

Le petit ramoneur n'était pas bête : il profita du passage d'une voiture qui fit trembler la maison pour s'imprimer d'arrière en avant un certain nombre de légères secousses, et brusquement il roula dans le charbon.

Il s'était dit que la servante ne prendrait pas garde à lui et qu'elle l'enfournerait avec une de ses pelletées dans le poêle. C'est en effet ce qui arriva. Comme il avait la couleur du charbon, la servante ne s'aperçut de rien. Elle ouvrit le couvercle du poêle, ramassa largement la houille, et, d'un tour de main plongea la pelle au plus profond du feu.

Ce qui se passa alors dans l'esprit du petit ramoneur, nul ne peut le dire; il avait fermé les yeux, s'était senti enlevé, et une chaleur énorme avait du coup séché le vernis qui couvrait sa peinture. Vous ai-je dit qu'il était en bois? Je ne le pense pas. Il était en bois, comme vous et moi nous sommes de chair, et c'est dire combien il était sensible.

Un instant il regretta la cheminée, la vue des deux cadres, la monotonie de sa vie passée à ne rien faire, et quelque chose comme une larme brilla dans ses yeux; ce n'était qu'une dernière goutte de vernis, et subitement il la sentit disparaître sous la caresse d'une main brûlante.

Alors il vit devant lui une belle personne longue et mince qui dansait, en secouant au-dessus d'elle une écharpe jaune comme le soleil, et par moments elle tournait si rapidement qu'on cessait de la distinguer au milieu du tourbillonnement de sa jupe écarlate.

« Où suis-je? s'écria le petit ramoneur.

— Tu es dans le royaume du feu, » répondit la belle personne.

Elle continuait à tourner et en même temps se dressait sur la pointe des pieds, s'allongeait, cherchait à atteindre le plafond empourpré.

Jamais le petit ramoneur n'avait vu une beauté si extraordinaire : elle avait les joues du plus beau rouge, des yeux enflammés, une bouche étincelante, et une braise était son cœur; on le voyait battre distinctement à travers la minceur de son flanc, et tantôt il palpitait avec un tremblotement d'étoile, tantôt il semblait sur le point d'éclater comme un soleil qui s'émiette à travers l'espace. Sur ses épaules, descendait un flot de cheveux ardents qui

IL DEMEURAIT MUET, LES YEUX PERDUS DANS DES CONTEMPLATIONS.

s'emmêlaient et se tordaient au vent qu'elle faisait en dansant. Ses ongles chatoyaient avec des éclats roses de coquillage.

A ses côtés d'autres belles créatures tournaient, comme emportées par le tourbillon de sa danse; c'étaient ses sœurs, mais elles étaient plus jeunes qu'elles, et leurs pieds n'osaient encore se détacher de la terre.

Elle, au contraire, voltigeait à travers les airs, et bientôt l'espace tout entier fut rempli du claquement de son écharpe, du frémissement à chaque instant plus enivrant de sa jupe. Elle tenait de l'ange et du démon; ses mains étaient chargées de roses qu'elle semait sous elle, et sa tête dardait parmi des éclairs. Elle jetait devant elle des sourires clairs comme une aurore, et l'instant d'après ses lèvres s'entr'ouvraient dans d'effroyables baisers de feu qui consumaient tout.

Le petit ramoneur la considérait avec effroi et ravissement. Il avait bien vu autrefois à la vitrine du marchand de jouets une fort jolie petite danseuse en jupe cerise et qui levait joliment sa jambe gauche en l'air, tandis qu'elle pirouettait sur la droite; il l'avait même aimée un instant, de ce cœur léger qu'ont les ramoneurs, ces amis des girouettes; mais jamais elle ne lui avait fait éprouver le frisson qu'il ressentait devant cette merveilleuse apparition.

Il demeurait muet, immobile, les yeux perdus en des contemplations, sans s'apercevoir des efforts que faisaient une demi-douzaine de flammes pour le soulever. Elles l'entouraient de leurs bras roses, le caressaient, lui souriaient avec un désir sournois de l'entraîner dans leur danse; et il les laissait faire, insensible à leurs agaceries. Un grand changement s'était opéré en lui; le sang qui coulait dans ses veines s'était changé en un torrent de feu, et son cœur était semblable à un tison enflammé.

Il se trouvait dans un palais magnifique.

Des colonnes de topaze supportaient une coupole en diamant, et le sol était jonché de rubis, de saphirs et d'escarboucles. Des girandoles étaient accrochées à la voûte, étincelantes comme des soleils. Dans l'ombre, qui elle-même avait une ardeur de brasier, des bluettes de lumière partaient avec des pétillements de fusée. Des triangles de feu s'allumaient dans l'air, de larges pans de pourpre pendaient aux murs, des flamboiements de pierre précieuse traînaient partout, et par moments le palais semblait vaciller dans un énorme tremblotement de diamant. Des roues d'un rouge aveuglant tournaient, comme des vibrions lumineux, au milieu de torrents d'étincelles. Dans des vases de porphyre bouillonnait de la lave en fusion, et les hautes architectures sans cesse s'écroulaient, remplacées aussitôt par d'autres plus hautes et plus belles.

Tout au fond, s'arrondissait un trou noir, béant, qui semblait s'ouvrir sur l'infini : c'était l'endroit où se tenaient les musiciens. On ne les voyait pas, mais on les entendait constamment, et à en juger par le bruit qu'ils faisaient, ils devaient être nombreux. C'étaient d'abord les flûtes et les hautbois, puis se dénonçaient les violons et les basses, enfin il y avait des harpes, et celles-ci se mariaient admirablement à la musique des autres instruments.

Quelquefois, un piaulement de flûte passait dans l'air comme une douceur de printemps ; un hautbois lui répondait sur un ton grave, et lestement les violons se mettaient de la partie, jasaient comme des écoliers en vacances, finissant par couvrir la voix du hautbois.

Un grondement sourd, qui bientôt dominait les caquets des violons et les jérémiades de la flûte, partait alors du ventre des basses, comme une bouffée d'ouragan, puis s'assoupissait dans un long ronflement qui s'éternisait, devenait une sorte d'accompagnement aux autres musiques.

La danseuse suivait merveilleusement les rythmes de l'orchestre ; aux accents graves du hautbois, elle s'appesantissait, semblait s'affaisser dans un commencement de sommeil, et tout à coup la flûte mettait des ailes à ses pieds. Elle partait alors, légère comme un trait, bondissait, laissait planer au-dessus des choses sa grâce aérienne et souple. Puis les basses l'affolaient ; un délire s'emparait d'elle ; elle était prise de vertiges et montait, se tordait, se cognait la tête à la voûte avec l'ondulation irritée d'un reptile. Et le retour des violons, des hautbois et des flûtes ramenait ensuite, comme par enchantement, les balancements longs et moelleux qui se ralentissaient encore lorsque la harpe soupirait.

Le petit ramoneur avait perdu jusqu'au sentiment de l'existence : il ne se souvenait plus ni du magicien ni de la légende du petit garçon, ni de quoi que ce soit au monde, et il demeurait sur place comme pétrifié, bien que ce ne fût pas absolument son cas.

Au moment où l'orchestre invisible attaquait, de tous ses violons accompagnés par les basses, un scherzo vigoureux, la danseuse enroula ses bras autour de son cou, et doucement l'entraîna dans sa danse.

« Viens avec moi, beau ramoneur, » lui dit-elle.

Et il lui demanda tremblant des pieds à la tête :

« Qui es-tu ? »

Alors, tout en tournoyant, elle lui répondit :

« Je suis la Flamme. Ce que tu vois devant tes yeux est mon royaume. Il y a longtemps du reste que je te connais. C'est pour toi que j'illuminais la chambre et que j'envoyais un peu de moi-même sur les cadres qui pendaient aux murs. Et qui mieux que toi mériterait mon amitié ? N'est-ce pas toi qui me fais un large passage à travers la cheminée et permets au vent d'arriver librement jusqu'à moi ? Pour être flamme, je suis moins légère que je ne te parais. Aussi écoute bien ce que je vais te dire : Je te prends pour mari, nous allons célébrer joyeusement nos fiançailles. »

Il sentit ses pieds toucher le sol une dernière fois, et aussitôt une nuée d'étincelles l'environna. Mais la Flamme les dispersa d'un souffle et il se mit à monter avec elle dans l'espace. Elle le tenait étroitement serré dans ses bras. L'orchestre leur chuchotait des choses tendres, les étourdissait de sa musique assoupissante, qui pour le quart d'heure ronflait avec une monotonie sourde de toupie. Ils allaient, bercés dans les roulis, à travers des vapeurs irisées, et à chaque instant montaient plus haut. Elle lui avait jeté son écharpe sur les yeux, il ne voyait plus rien, n'entendait plus rien ; comme un corps sans âme il flottait au gré de la Flamme, dans un évanouissement de songe. Le palais lui envoyait d'en bas ses splendeurs, pareil à un météore. Des incendies flambaient aux torchères, empourprant de sang la voûte.

. . . .

Le petit ramoneur crut remarquer tout à coup que la musique faisait une rumeur moins haute ; son oreille ne la percevait plus que comme un écho lointain, et par moments elle cessait tout à fait d'arriver jusqu'à lui. En même temps, l'éblouissante lueur du palais se fondait dans une rougeur sombre comme un soleil refroidi, et la voûte prenait des tons gris de braise rongée par la cendre.

Ils atteignirent ainsi le trou noir de la cheminée, et subitement la Flamme ouvrit les bras. Hélas ! le petit ramoneur n'était plus en ce moment qu'une masse informe qui achevait de se consumer ; son corps ne gravit pas la pente qui conduisait au ciel. Un peu de fumée coula seule par le large conduit de la cheminée. Elle monta jusqu'au faîte du toit, et portée par un flocon de neige, elle se répandit dans l'immensité de la nuit.

Ce qui prouve, mes petits amis, que toutes les amitiés ne sont pas bonnes et que la curiosité est souvent mauvaise conseillère : le petit ramoneur serait resté bien longtemps encore sur la cheminée s'il n'avait pas suivi la Flamme dans son tourbillon.

CEUX DES AUTRES.

« Femme, dit le maître d'école, nous avons payé hier le boulanger, et voilà roulés dans cette papillote les quatre francs que nous devons au boucher. Il nous reste quarante sous qui n'ont rien à demander à personne. C'est une bonne chose que d'avoir quarante sous de trop la veille de la Saint-Nicolas.

— Oui, l'homme, c'est une bonne chose, car tout le monde ne peut pas en dire autant, et je sais bien ce que j'en ferais si, comme les autres, nous avions eu de petits enfants.

— Nous serions sortis bien doucement de la maison et nous serions allés sur la place, là où l'on voit de beaux jouets. Nous serions entrés dans la boutique et nous aurions choisi les plus beaux parmi les beaux. Puis nous serions revenus le cœur battant, et nous aurions rempli les petits paniers dans la cheminée.

— Et le lendemain matin... Ah! l'homme, n'en parlons plus. C'est un rêve qui ne s'est pas réalisé. Et voilà pourquoi, n'ayant pas d'enfants, il nous faut aimer *ceux des autres* comme s'ils étaient à nous.

— Tu es une bonne femme, ma femme... Nous avons vieilli ensemble, vivant de la même vie, et nous devrions bien nous connaître. Cependant il me semble que je ne te connais que d'hier, et je suis comme quelqu'un qui, ayant eu un bonheur très grand, ne parviendrait pas à s'en rassasier. »

La bouilloire chantait sur le feu comme pour accompagner les douces paroles des deux vieillards, et, debout l'un devant l'autre, ils se regardaient avec le bon sourire des gens qui n'ont jamais cessé de s'aimer. Tic tac! faisait l'horloge dans le coin, si lentement et d'une voix si faible qu'elle semblait vouloir ralentir la fuite des heures pour les laisser plus longtemps à eux-mêmes. Et, bien que la vieille commode disjointe, la table boiteuse et les chaises caduques fussent en bois et en bois de chez le menuisier de la place, il sortait de leur arrangement un aspect de bien-être que n'ont pas toujours, dans la maison des riches, les meubles d'ébène et d'acajou.

« Eh bien, femme, que ferons-nous de nos quarante sous? dit à la fin le maître d'école.

— Dis-le toi-même, mon homme, car je vois bien à tes yeux que tu as ton idée. »

Il prit alors sa vieille compagne par la main et, la menant vers la fenêtre, il en souleva le rideau. Au dehors, la rue toute blanche s'enfonçait dans l'obscurité du soir, trouée par le fourmillement des lumières, et la neige tombait en flocons mousseux comme de l'écume de sucre.

« Vois-tu là-bas, fit-il, cette pauvre maisonnette, tout au bout de la rue? Un mince reflet de lampe rougit ses vitres, ou peut-être est-ce seulement le reflet d'un petit feu de bois que les enfants auront allumé dans l'âtre?

— Oui, mon homme, et sans doute à cette heure la pauvre Marianne attise du bout de sa béquille le feu du maigre fagot ramassé sur le chemin par ses enfants au sortir de l'école. Car c'est bien la maison de la Marianne que tu me montres là-bas, dans la nuit. Il y a beau temps que la pauvre femme ne peut plus se servir de ses jambes, elle autrefois si vaillante, et c'est à peine à présent si elle peut aller de la table à son lit.

— Tu as bien deviné, ma bonne femme... Et il me semble voir assis sur la brique, près d'elle, le petit Pierre, le petit Jean et la petite Margot, avec leurs longues figures pâles et déjà ridées... Ils ont passé tout à l'heure devant la boutique de Serpette et ils ont vu les arlequins et les poupées pendus à des cordes. Et cela les rend songeurs, les pauvres petits, car ils voudraient bien avoir leur part de la grande fête de saint Nicolas. »

Elle prit les quarante sous et, les lui mettant dans la main :

« Cours, mon ami... Il est tard, et Serpette pourrait fermer sa porte... Ne perds pas un instant... Les pauvres enfants! Il me semble que je suis mère, moi aussi. »

Comment cela se fit? je n'en sais rien; mais le bon vieux maître d'école en un instant fut coiffé de sa casquette de loutre dont les oreillères se rabattirent jusqu'à son menton, et un carrick d'un âge respectable se boutonna pardessus son gilet de tricot. Puis la porte s'ouvrit, et ses sabots rembourrés de paille longue connurent la douceur de marcher sur la neige moelleuse.

Il s'en allait riant d'un bon rire, le digne homme, sans s'apercevoir que la bise lui pinçait le nez mieux que s'il eût été serré par des tenailles ou par un casse-noisette, et il se contentait de souffler par moments dans ses doigts piqués par l'onglée. Les volets bien clos laissaient filtrer de minces raies jaunes à peine larges comme la lame d'un canif, et la voix des mères berçant leurs enfants s'étouffait derrière les bottes de paille poussées aux fentes des portes. On ne se souvenait pas d'un hiver plus rigoureux dans la contrée; un bon pied de neige tapissait le milieu de la rue, et contre les maisons des tas s'amoncelaient, comme de petites montagnes.

Il enfonçait jusqu'à mi-jambe dans ce sable de l'hiver, et, plus d'une fois, il faillit y laisser ses sabots. Mais ni le froid, ni la tourmente de flocons tournoyant autour de lui ne le rebutaient, et il s'avançait luttant contre la bise, à la façon des vieilles carrioles sur les routes. Quelquefois son carrick s'ouvrait tout large, et il avait toutes les peines du monde à en ramener les pans envolés ; d'autres fois un petit coup de vent sournois s'acharnait à son bonnet, et il était obligé de le maintenir à deux mains sur sa tête.

Enfin il arriva sur la place, et son apparition fut saluée par un épouvantable tourbillon descendu exprès du clocher de l'église pour lui faire cortège. Alors ce fut une bataille sans nom : aveuglé, picoté par un cent d'aiguilles, il roulait, tournait, se démenait, et on ne sait comment il serait sorti de la bagarre s'il n'avait eu l'idée de se courber et de se mettre presque à quatre pattes. La trombe passa au-dessus de lui, et, rampant, faisant le gros dos, il atteignit la boutique de Serpette.

La vitrine, éclairée de deux chandelles et d'un quinquet, dessinait sur le blanc de la neige un carré rougeâtre au milieu duquel oscillaient des silhouettes bizarres. Il y en avait de courtes et de grosses, de minces et d'allongées, de tortueuses et de tirebouchonnées. Peut-être, dans sa hâte d'être à l'abri, poussa-t-il un peu vivement la porte ; il est certain que la sonnette se mit à carillonner comme si on y eût pendu deux chats, et Serpette, qui sommeillait derrière son comptoir, attendant, mais inutilement, la pratique qui n'osait se risquer si tard à la rue, se leva toute droite, du même mouvement qui fait se dresser sur son fil de fer en spirale le diable des boîtes à surprise.

« Jésus mon Dieu ! Qu'y a-t-il ? le feu est-il à la maison ? s'écria-t-elle en roulant ses yeux comme des toupies.

— Allez, allez ! soyez sans crainte, madame Serpette ; ce n'est que moi ! »

Mais elle cherchait en vain à reconnaître la forme humaine qui se dérobait sous l'épaisse couche de neige dont le carrick était ouaté. Le maître d'école était poudré, des pieds à la tête, comme le bonhomme Hiver en personne. Tandis qu'il soufflait et reprenait haleine, tout en examinant attentivement les jouets accrochés à la vitrine, la chaleur des chandelles fondait un peu les frimas sous lesquels il disparaissait, et Serpette vit surgir enfin son nez, sa bouche et ses yeux.

« Comment, c'est vous! monsieur le maître d'école! Bien sûr, je ne m'attendais pas à vous voir. Qu'est-ce qu'il y a pour votre service?

— Ce qu'il y a, madame Serpette? Des jouets, de beaux jouets pour notre Saint-Nicolas! Ah! voilà! Quand on n'a pas d'enfant, on se fait enfant soi-même. Il me faut des poupées, des polichinelles, des tontons, est-ce que je sais, moi? »

Il fit alors son choix longuement, attentivement, étudiant chaque jouet sous toutes ses faces, pinçant aux poupées leur ventre rembourré de son pour savoir s'il était cousu de bon fil, tiraillant les cordes des pantins et les disloquant en des gambades prodigieuses, épluchant la laine des moutons et pressant du doigt la planchette qui leur fait tirer la langue, soufflant dans les trompettes et martelant de roulements de baguettes la peau d'âne des petits tambours. A lui seul le maître d'école faisait plus de bruit que tout un orchestre, et celui qui eût mis à ce moment l'œil à la fenêtre, eût vu dans la nuit s'allonger sous son dais le saint de pierre niché au-dessus de la porte de l'église. C'est qu'en effet pareille musique, à pareille heure, était chose singulière, et le brave saint, subitement arraché à son somme, put craindre que l'enfer lui-même s'était rassemblé sur la place pour lui donner un charivari.

En vérité il n'était pas facile de se reconnaître parmi le tas des petits objets de la boutique. Et la main un peu lourde du bonhomme faillit en écorner plus d'un. Il excellait à amincir le bec d'une plume d'oie, à régler un papier, tailler un crayon, et même des gens du village prétendaient qu'il se fût tiré à son honneur d'une reprise à sa culotte. Mais il lui manquait quelque chose pour manier sans danger les choses fragiles de la boutique : il n'était pas père, et un petit enfant aux grosses mains caressantes et potelées ne lui avait pas montré comment on joue avec des arlequins et des poupées. Aussi Mme Serpette le regardait-elle avec un peu d'effarement, s'imaginant entendre à tout bout de champ le bruit d'un ressort qui se casse, et quelquefois elle lui prenait le jouet des mains en s'exclamant :

« Oh! pour celui-là, n'ayez pas peur, monsieur le maître... Il est tellement dur qu'il briserait le plancher s'il tombait dessus! »

A la fin, il se décida pour le cheval en bois, le mouton fourré comme un manchon, le chat noir tigré de rouge à l'échine, le petit tambour jaune et bleu dont une manivelle met en mouvement les bras armés de baguettes, la poupée habillée de jaconas rose tendre et l'arlequin losangé comme une devanture de droguiste. Mais le tout coûtait quatre francs, et il n'avait tout juste que la moitié de cette somme. Alors il se livra à une dépense considérable d'éloquence pour obtenir un rabais, et Mme Serpette, ainsi nommée à cause de son profil qui se recourbait en demi-lune, hochait coup sur coup sa cornette en affirmant que si elle diminuait son prix d'un seul centime, elle se réduirait certainement à la paille.

On ne sait pas combien les jouets sont tentants ; à force de regarder ceux qu'il avait choisis, l'excellent homme se sentait pris pour eux d'une réelle tendresse ; il lui semblait que la poupée lui envoyait un sourire, que le polichinelle louchait de son côté avec bienveillance, que le petit tambour n'attendait que le moment de battre sa peau d'âne en signe d'amitié pour lui, et que le chien, le cheval, le féroce chat zébré de rouge lui-même manifestaient à son égard

IL MARCHAIT SUR LA POINTE DES PIEDS.

des sentiments tout à fait conciliants. Allait-il donc rompre brusquement ce commencement de connaissance parce que la dure Mme Serpette refusait de s'amadouer? Une rougeur plus vive qui passa sur le visage vermillonné de la poupée mit fin à ses hésitations. Il aligna ses quarante sous sur le comptoir et demanda à la vieille boutiquière de lui ouvrir un crédit pour le surplus, ce qu'elle n'eut garde de lui refuser.

Et neuf heures sonnant à l'église, le vieux saint de pierre vit tout à coup s'entre-bâiller le porte de Mme Serpette, et le brave homme en sortir portant un gros paquet qui faisait bomber son carrick.

« Prenez garde, il y a un pas », dit la bonne dame en l'éclairant au moyen d'une des chandelles dont elle abritait la flamme derrière la paume de sa main.

Et ayant replacé sa chandelle parmi l'étalage de la vitrine, elle le regarda disparaître dans le noir de la place, un peu étonnée qu'un simple maître d'école, qui n'avait pas d'enfants à lui, fît une si grosse dépense de jouets.

La neige tourbillonnait toujours, et les maisons ressemblaient à de grands capucins blancs coiffés de leurs capuchons. Mais il ne se souciait pas de leur physionomie, le bon maître ; il avait bien assez à faire de penser à la joie des petits enfants de Marianne, le lendemain, quand ils verraient les beaux jouets ; et de temps en temps il s'arrêtait pour les tâter du bout du doigt, craignant d'en avoir perdu. Crainte superflue : ils sont bien tous là ; voici le corps élastique de la poupée, et le raide polichinelle ; voici le chien, le chat et le reste. Et il se reprend à rire en les caressant tendrement à travers l'enveloppe de papier gris qui les préserve de la neige.

Une à une les lumières s'éteignirent derrière les contrevents, et quand il arriva à la maison de la pauvre Marianne, elle s'était assombrie comme les autres. Les pauvres gens n'ont pas à redouter la visite des voleurs ; aussi ne pensent-ils guère à fermer leurs portes au verrou. Une bonne raison en eût empêché d'ailleurs la paralytique : c'est que sa porte n'avait pas de verrou. Très doucement le bonhomme leva le loquet et pénétra dans l'humble logis après avoir vainement cogné trois fois contre la vitre. Et il marchait sur la pointe des pieds, s'arrêtait après avoir fait un pas, appelait Marianne à demi-voix, de peur d'éveiller les enfants ; mais ils dormaient tous les trois du grand sommeil des pauvres, et, à la lueur mourante du feu traînant par la chambre, il vit leurs trois têtes réunies sur le même oreiller, également pâles et tristes dans l'ombre.

Cela contrariait ses plans : il était venu pour remettre à Marianne les jouets ; elle les aurait rangés dans l'âtre, et, le lendemain matin, les petits se seraient imaginé que saint Nicolas en personne était descendu par la cheminée. Mais, en admettant que la mère s'éveillât, elle ne manquerait pas de marquer par un geste ou une parole son étonnement et, dès lors, les enfants s'éveillant aussi, tout ratait.

Tandis qu'il laissait errer sur la désolation des murs ses regards apitoyés, en se demandant à quel moyen il aurait recours, une idée le fit brusquement sourire. Hé mais! comment n'y avait-il pas songé plus tôt? C'est cela : parfait! Jamais Marianne ni les gamins ne s'aviseraient de la vérité! Et, tout en monologuant de la sorte, il plaça le plus délicatement qu'il put, mais en bel ordre, les jouets dans l'angle de la cheminée et se retira comme il était venu.

Il marchait à présent du pas des jeunes, enjambant les tas de neige, et, par moments, se frottant les mains comme quelqu'un qui a fait un bon coup. C'est très vrai qu'il avait les pieds gelés ; mais il n'y pensait pas. Et il y pensa moins que jamais quand il aperçut de loin le filet de lumière qui rougissait le rebord de la fenêtre, de cette fenêtre derrière laquelle l'attendait sa bonne femme.

« C'est moi. Ouvre! »

De grosses pantoufles chauffaient dans le four du poêle, et sur la table fumait un bol de lait chaud. Il conta son histoire. Sa femme regrettait un peu de n'avoir pas vu les joujoux; mais il lui en fit une description si complète, qu'elle crut les voir, et tous deux s'endormirent dans la gaieté de leur cœur, s'imaginant entendre des rires de petits enfants heureux.

Les gloires du soleil ne sont pas plus brillantes que la pâle clarté hivernale qui se coula à l'aube par les vitres de la maison de la Marianne et lentement s'étendit jusqu'à la petite armée de jouets. Un cri s'éleva :

« Maman! »

Et le polichinelle, la poupée, le mouton, toutes ces belles choses qu'ils avaient convoitées la veille et qui leur semblaient alors lointaines comme la voix des cloches du ciel, ils les touchaient de leurs doigts tremblants; ils redoutaient de les voir s'envoler dans l'espace.

Le bon maître d'école eut l'air d'entrer là par hasard quand il sonna midi; et il fut pris tout à la fois d'une grande envie de rire et de pleurer lorsque la Marianne lui dit mystérieusement :

« Maître d'école, je sais bien qui c'est saint Nicolas chez les autres; mais, pour sûr, le bon Dieu, cette nuit, a envoyé chez nous quelqu'un du paradis. Voyez! »

MONSIEUR RON-RON.

I.

Il avait bien porté un autre nom dans le temps; mais cela s'en était allé avec la jeunesse et la liberté. Le jour où il entra au collège comme régent, la malice des élèves contre tout ce qui est autorité se fit inventive, et il devint Ron-Ron par représailles.

Dieu bon! l'autorité! Il n'y pensait guère, le pauvre homme. Il semblait comprendre que les enfants, pas plus que les petits des animaux, ne poussent à la vie sans un peu de pétulance. Est-ce que la plante elle-même, et les arbres et les sources n'ont pas aussi leur rumeur sous le ciel bleu? Est-ce qu'il y a croissance sans un peu de folie? Bien entendu sans cette folie douce qui consiste à trépigner, à rire, à ne point tenir en place, à agiter bras et jambes, à faire le diable à quatre. Est-ce qu'il n'y a pas de feuilles aux arbres, est-ce qu'il n'y a pas une aile dans chaque petit drôle, et feuille, aile, est-ce que ce n'est pas la loi de la nature que cela frémisse, bouge, claque au vent, s'ébouriffe au soleil, palpite, s'étire, bruisse, chante et s'emplisse de rires?

Ainsi raisonnait le brave régent; et sa classe, tout le jour en rumeur, ressemblait à un nid fourmillant de cris et de chansons.

Il s'était fait humble, pour mieux être accepté, fermait l'oreille au bruit, laissait pépier ses moineaux, grondant quelquefois pour la forme quand le vacarme allait trop loin, mais du bout des lèvres. Les petits auraient pu l'aimer, tant il était tolérant et bon, si les petits n'avaient pas d'instinct un peu d'ingratitude et beaucoup d'étourderie. Un régent, si commode fût-il, était en ce temps comme le verrou sur la porte, tant la classe, obscure et fumeuse, ressemblait à une prison. Il n'en va plus de même aujourd'hui qu'il y a de belles écoles grandes comme des palais. Pour le punir de se mettre en chaire, tous les jours, pendant deux heures, au lieu de flâner, son parapluie sous le bras, le long des trottoirs, ses élèves l'avaient appelé M. Ron-Ron.

Bien souvent, dans le brouhaha des classes, il l'entendait passer, parmi le zou-zou des hannetons lâchés, le cliquetis des règles et le grincement des plumes, ce nom baroque qui de bouche en bouche volait, sonore et fanfarant.

Si bien que lentement, par cette force qu'il y a dans les

« SILENCE, MESSIEURS, OU LA RETENUE GÉNÉRALE. »

choses, le maître était devenu l'esclave, et les méchants écoliers, les tyrans.

Vainement, débordé par la marée de clameurs qui montait, battait les plafonds, voulut-il un jour mettre le holà; il n'était pas de ceux dont l'aspect terrifiant commande aux tumultes. Sévère, mais toujours rempli de mansuétude, il se leva, prit sa plus grave voix pour dire : « Silence, messieurs, ou la retenue générale! »

Chansons! Un bêlement parti d'un angle donna le ton subitement à un concert de voix meuglant, coqueriquant, brayant, hennissant, miaulant, comme si l'Arche, une seconde fois sauvée des eaux, avait ouvert ses flancs aux bêtes de la création.

II.

Ron-Ron, disons-le, était un nom un peu mérité.

Le pauvre régent avait reçu de la nature un nez prodigieux. Passe encore si le nez se fût borné au rôle de simple ornement; par malheur, il était bruyant, bourdonnait, claironnait autant qu'une sonnerie militaire, plein d'outrecuidance et de présomption.

C'était chose étonnante de rencontrer en ce bonhomme timide, qui parlait d'une voix sourde, et, de peur des regards, cachait les siens derrière de larges lunettes à branches d'écaille, l'insolence de ce promontoire hérissé au milieu des pâleurs du visage. Vraiment il portait la peine de ce nez autoritaire et turbulent, alors que son maître si volontiers aimait le silence; son œil faïence, éteint et comme usé de myopie, sa bouche pâle et petite, son menton fuyant, ses joues étroites et ridées, tout en lui semblait demander grâce pour les libertés que prenait son nez; mais celui-ci continuait ses rodomontades en dépit de l'humilité du reste de la face, sibilait, trompettait, ayant en lui on ne sait quelle intempérance de musique.

Par surcroît, il exigeait des soins constants, voulait être mouché, et tout le jour, en vrai nez goulu, dont les cavités sont des cavernes, absorbait de larges pincées de tabac.

C'est par ce maître-nez que semblait parler Ron-Ron, qu'il respirait, et que pénétraient en les muqueuses les mordicantes poussières de poivre jetées sous la chaire par les maudits écoliers, au point de le mettre en rumeur comme un orchestre qui prélude en sourdine d'abord, par lents accords qui se changeaient après en fioritures et finalement éclataient, strettaient, grondaient, ainsi que les bassons, les ophicléides et les clarinettes, quand le bâton du chef déchaîne subitement les tempêtes de la symphonie. Oh! c'était alors que s'entendaient les ronrons de ce nez musical, et toute l'énergie du régent, qui, à vrai dire. n'en avait pas beaucoup, ne parvenait pas à le faire rentrer dans l'ordre.

III.

Tel je l'avais connu à dix ans, étant au nombre des barbares qui le torturaient, tel je le revis plus tard, alors que, calmé, j'avais l'allure rangée d'un bon jeune homme.

Le temps avait durement passé sur le vieux maître : flasques et flétries pendaient les joues ; le menton s'était enfoncé dans la cravate ; mais, plus triomphant que jamais, se dressait le nez, gras, gros, bien nourri, l'air en fête.

L'homme, un vieillard à présent, était voûté, toussait, couvert d'un méchant manteau pelé. Une pitié m'envahit à la vue de cette souffrance obscure. Il cheminait, cherchant l'ombre, tandis qu'un clair soleil inondait la rue.

« Me reconnaissez-vous, maître ? » lui dis-je.

Il me regarda, chercha dans sa mémoire.

« C'est moi, pourtant. »

Et je lui dis mon nom.

« Ah ! oui, oui ! Je me rappelle. Un petit roux, de grands cheveux, de larges épaules rondes... Il y a du temps de cela. »

Attendri, le nez s'était mis à renâcler comme un cornet à piston.

Il me conta qu'un jour on l'avait mis en demeure de donner sa démission. Il ne savait pas pourquoi. Il avait obéi, s'en allant comme il était venu, en homme qui n'entend gêner personne, et depuis ce temps il vivait d'une petite pension que le collège lui faisait.

Tout en parlant, il s'épuisait en efforts pour maîtriser le grand diable de nez, qui, exalté par les souvenirs, presque larmoyant, exécutait un étonnant solo agrémenté de dièzes et de bémols.

« C'était le bon temps, dis-je, mais nous étions bien mauvais.

— Hé! hé! répondit-il d'une voix résignée, il faut bien que jeunesse se passe. »

Et rien n'était mélancolique comme cette mansuétude surnageant aux douleurs de la vie en cet excellent homme qui n'avait gardé du martyre que le sourire et le pardon.

Il me quitta. Je vis collé à ses talons un petit chien maigre, l'œil humain.

IV.

J'aurais voulu lui donner son vrai nom, mais j'avais eu beau faire, ce nom s'était effacé de ma mémoire; je ne me souvenais que de Ron-Ron. Peut-être vit-il encore dans bien des cerveaux, ce lointain sobriquet.

Hélas! le nom a survécu à l'homme, car celui qui le portait est descendu dans la tombe, un peu plus effacé, lui qui avait tenu si peu de place dans la vie et pour qui le monde n'avait pas été bien loin de ressembler à une tombe avec un peu de bruit autour.

Depuis ce moment, je pense souvent au nez du pauvre M. Ron-Ron et j'y pense sans ironie; je ne le revois plus outrecuidant ni hautain, mais muet. Ce fut pour moi une grande tristesse.

Rassurez-vous; il ne mourut pas délaissé. Un compagnon demeura à son chevet, le suivit, l'accompagna au cimetière, fidèle jusque dans la mort. Et tandis que quelqu'un me contait cette histoire, je me rappelai le petit chien à l'œil humain. C'était lui.

LE MÉNAGE CHAT.

I.

Le ménage Chat occupait un modeste appartement du faubourg. Un bon poêle qui ronfle, un fauteuil, de vieux tapis dont la laine n'est pas tout entière usée, en faut-il plus pour être heureux? C'était l'avis du père et de la mère Chat; et ils oubliaient dans leur bonheur présent les ennuis d'une vie qui avait été agitée.

Mme Chat n'était plus de la première jeunesse; ses prunelles avaient perdu l'éclat luisant de ses yeux de demoiselle, et, sans chercher longtemps, on voyait sur sa petite frimousse des rides qui attestaient le ravage des ans. Mais elle était si bonne ménagère, et sa tendresse pour M. Chat et les petits enfants Chat était si vive, que les rides paraissaient être sur sa petite personne une beauté plutôt qu'une laideur. Elle n'était jamais en repos et constamment s'occupait de rendre la vie douce à sa famille. Il fallait voir avec quel soin elle rangeait le vieux tapis sous le ventre de ses petits, comme elle les dorlotait, comme elle veillait à ce qu'ils eussent toujours chaud. Je vous assure qu'elle en était bien récompensée par l'affection de ses enfants et de son mari.

M. Chat ne se lassait pas de lui répéter qu'il ne connaissait pas de plus belle personne au monde et que, s'il lui avait été donné d'être roi, il n'eût jamais pu trouver de reine qui plus qu'elle fût digne d'occuper le trône avec lui. Ces chatteries, qui sont dans le naturel des chats, ne déplaisaient pas à la bonne dame. Loin de là; elle souriait alors en montrant ses dents et fermait à demi les paupières sur ses yeux, comme pour savourer les paroles de M. Chat.

II.

Il y avait longtemps qu'ils étaient mariés; ils s'étaient connus aux beaux jours de la jeunesse, et jamais un nuage n'avait traversé leur union.

Mme Chat avait bien par moments l'humeur un peu vive; on n'est pas parfait. A la vérité, ces moments de vivacité étaient rares et presque toujours ils trouvaient leur cause dans la dureté des temps, les embarras du ménage, la multiplicité des occupations.

Tout n'est pas rose dans la vie du bourgeois modeste. Chaque jour amène ses charges, et cette succession fait, au bout de la semaine, une chaîne sous laquelle ploie quelquefois l'épaule. Mme Chat savait bien ce qu'il en coûte de donner journellement la pâtée à trois petits estomacs voraces, jamais las de bonne nourriture, et fonctionnant avec la régularité désespérante de trois moulins pour lesquels le vent ne chôme pas. C'était constamment autour d'elle des bâillements de faim, des palais roses s'entr'ouvrant entre des dents aiguës, des tortillements de langues avides de beau lait, et si la friande écuelle tardait, les lamentations ne manquaient pas de suivre de près les jolies grimaces de l'appétit.

Vraiment le meilleur de l'avoir s'engloutissait en ces petits êtres gourmands, et Mme Chat songeait par moments au bonheur qu'on aurait à vivre si chaque créature n'était obligée au boire et au manger. Du moins, alors, pourrait-on grassement passer les jours dans de larges sommeils, vaguer aux gouttières et le long des haies, rire entre soi d'un rire ininterrompu, et, pour tout dire, réaliser l'image du parfait bonheur. Mais il n'en va pas ainsi malheureusement, et, soir et matin, la bonne dame se grattait la tête, en proie aux préoccupations de ce ménage à nourrir.

III.

A part ces ennuis, les Chat vivaient dans la joie. Hélas! si mêlée d'amertume est l'existence que n'être qu'à demi heureux, c'est déjà du bonheur. Ainsi raisonnait le père Chat, philosophe fourré qui avait pris, dans les vicissitudes de la vie, la sérénité d'âme sans laquelle la vie n'est pas possible.

Ce n'est pas qu'il n'eût connu la prospérité. Fils de parents campagnards, il avait été porté de bonne heure à la ville, à cause de sa belle queue et de sa belle robe luisante.

Il aimait à raconter les sensations de son voyage, le jour où le fermier chez qui habitaient son père et sa mère l'avait enfermé dans un panier. Le chemin de fer avait été sa première surprise, et quelle surprise au sortir de la vie niaise qu'il avait menée jusqu'alors!

Le terrible voyage avait cessé tout à coup, et il s'était senti porter, tranquillement cette fois, par une route unie, qui, relativement, lui avait paru de velours. Une main ensuite avait soulevé le couvercle, et il avait été aveuglé par une grande lumière.

IV.

Devant lui, curieuse, souriante, une vieille dame à cheveux blancs se tenait debout, dans une chambre richement garnie de luisantes porcelaines. Il comprit, à l'air humble du paysan qui le portait, qu'il y avait sur la terre plusieurs espèces de gens. Il en fut bien plus assuré encore quand il entendit le fermier parler redevances à la dame et celle-ci reculer l'échéance en gratitude de ce beau chat dont on lui faisait don.

Le paysan parti, le jeune monsieur Chat s'était frotté à la robe de la respectable dame par manière d'aise, et peut-être aussi obéissant à cet instinct de politesse qui fait de ses pareils des modèles accomplis de civilité. Il fut choyé caressé, dorloté.

Combien différentes étaient les deux blanches et soyeuses mains qui se posèrent sur lui, de ces autres mains calleuses et rudes, auxquelles il avait dû quelquefois d'être enlevé par la queue, tiraillé par les oreilles ou brusquement frotté à rebrousse-poil! Il jouissait de ce grand changement en roulant les yeux et en ronflant, quand une délicieuse petite forme de chatte, éclatante comme le lait, entra posément, une patte devant l'autre, en demoiselle bien apprise, et le regarda, surprise, inquiète, de ses jaunes prunelles rayées d'une barre d'or. C'est alors qu'il rougit de sa condition première et de sa mauvaise éducation. Il eût voulu l'aborder avec les manières délibérées

du monde auquel, sans nul doute, elle appartenait, et il ne trouvait en lui ni la force de dire un mot ni le courage de faire un pas.

« Eh bien, eh bien, dit alors la bonne dame, est-ce ainsi qu'on fait connaissance? »

Et, pour empêcher la mignonne créature de sortir de la chambre, elle ferma la porte derrière elle.

Ce qu'il en coûta à maître Chat pour vaincre sa timidité se dirait difficilement. Cependant il se décida, fit quelques pas de son côté et, de son meilleur français, lui dit le plaisir qu'il avait à la saluer.

La jeune personne avait le caractère bien fait; elle n'était ni vaniteuse ni méprisante comme bien des jeunes filles, qui s'imaginent avoir seules en partage la grâce et la beauté, et elle répondit en termes modestes qu'elle était charmée autant que lui.

Une bonne amitié s'ensuivit.

V.

A vivre ensemble on se connaît bientôt, et ni le bien ni le mal ne se peuvent cacher. Aussi parut-il au jeune M. Chat qu'il ne trouverait point ailleurs la douceur et l'honnêteté de cette excellente demoiselle, ou du moins qu'il ne les pourrait trouver ailleurs plus hautes et plus solides; et, de son côté, la demoiselle fut touchée des aimables qualités qui faisaient de M. Chat un bon jeune homme. Ils se marièrent et eurent la douceur de vieillir côte à côte, jamais las l'un de l'autre.

Par malheur, la bonne dame vint à mourir. Pendant deux jours on les oublia ; même M. Chat fut obligé de voler à l'office une pièce de viande mise en réserve. Le troisième jour, enfin, la dame à peine partie de son logis et pour n'y plus rentrer, un neveu, homme barbu et sombre, les empila dans une tapissière pêle-mêle avec les bahuts, les tables, les fauteuils, les porcelaines, toutes les bonnes vieilles choses qui avaient gardé comme la chaleur de leur amie disparue.

Adieu les bols de crème, les siestes dans l'édredon, les friandises et le beau temps des caresses! Le neveu barbu les mit dans un logement tout encombré d'énormes bouquins, de grimoires, de cornues et d'alambics. Il fallut leur mutuelle tendresse pour leur rendre supportable ce triste séjour. Mal nourris, jamais choyés, seuls une bonne partie du jour, ils se consolaient l'un par l'autre, pensant souvent à la vieille dame et se disant qu'après tout, une autre vieille dame les prendrait peut-être un jour.

Il n'en fut rien.

Des odeurs sulfureuses sortaient des fioles, et quelquefois, la nuit, le vilain homme, debout devant un grand feu, remuait d'affreux liquides pestilentiels qui les faisaient éternuer et tousser. Il murmurait alors des paroles, faisait des gestes, ou bien arpentait la chambre, les cheveux ébouriffés. Tous deux le regardaient avec stupeur, se demandant quelle âme en peine se cachait sous cette enveloppe humaine. Jamais ils n'avaient vu d'être plus noir, plus muet, plus renfermé, plus ténébreux, plus cassé, plus voûté et d'apparence plus malheureuse; et pourtant ce pauvre homme, vieux avant l'âge et que personne ne visitait, était un grand savant de haut renom, de belle gloire, mais à qui ni le renom ni la gloire ne faisaient de bien, et qui, infatigablement à la recherche des problèmes, élaborait au fond de sa cervelle des solutions nouvelles. Le monde, les hommes, les bêtes, rien n'existait pour lui; il avait voué sa vie à la science, et le jour et la nuit, méditait, alchimisait, algébrisait, solitaire, sans connaître la joie, l'amitié, le soleil, ce qui était bon et doux au cœur des autres hommes.

VI.

M. et Mme Chat ne savaient rien ou presque rien de

la vie en ce temps-là ; vivant loin du monde, ils n'avaient vu ni chiens savants, ni chats savants, et cet homme singulier leur apparaissait sous un jour odieux et ridicule à la fois.

Quoi! s'enfermer dans une chambre manquant de tout confortable, alors qu'il est si naturel de passer les jours au soleil! Il leur semblait que la sottise humaine ne pouvait aller plus loin, et, s'ils n'avaient conservé le souvenir de la bonne vieille dame, ils auraient enveloppé l'humanité tout entière dans le dédain qu'ils ressentaient pour leur maître actuel. Aussi passaient-ils leur temps à se lamenter; mais des idées plus riantes se jetèrent bientôt en travers de leurs chagrines préoccupations.

Mme Chat avait pris un embonpoint qui la rendait très différente de ce qu'elle était autrefois ; les grâces légères de la jeune demoiselle avaient fait place à des attitudes graves et sérieuses ; elle ne sautait plus par le logis avec des bonds sveltes, mais se promenait avec lenteur, de l'air d'une matrone.

Le ménage Chat allait connaître la joie des joies. Ce fut une vive allégresse pour le bon époux quand sa digne petite femme lui annonça tout émue qu'elle allait être mère.

Une ombre toutefois ternissait l'éclat des jours prochains. Hélas! les petits chats ouvriraient à la lumière leurs rondes prunelles dans un bien laid voisinage! Et M. Chat, qui pourtant n'était guère excessif dans sa tendresse pour ses premiers maîtres, de grossiers fermiers, regretta alors les gerbes de blé, les greniers gorgés de foin, l'âtre pétillant et les haies parfumées le long desquelles il avait commencé à exercer ses jambes.

Il ne prévoyait pas combien un savant, qui n'a d'yeux et d'oreilles que pour la science, fait peu de cas du bonheur des humbles créatures.

VII.

Vers la mi-septembre, le cabinet du maître, d'ordinaire silencieux, s'emplit d'allées et venues ; des gens entraient,

tenaient des conciliabules, et tous avaient l'air méditatif. Des mots que jamais M. et Mme Chat n'avaient entendus, étaient prononcés, et ceux qui revenaient le plus fréquemment étaient carbone, hydrogène, oxygène, gaz, lest, tous mots baroques qui ne les auraient pas autrement inquiétés si, pendant un de ces mystérieux colloques, un méchant homme à barbe grise, les voyant trotter par la chambre, ne les avait désignés à leur maître d'un geste équivoque.

« Bon! avait dit celui-ci, nous les emporterons avec les pigeons. »

Qu'est-ce que cela pouvait bien signifier?

Ce fut le sujet d'étranges perplexités pour le ménage Chat. Vainement ils cherchaient à comprendre l'espèce de communauté qui pourrait advenir entre eux et les pigeons. Les chats ne sont pas connus pour faire commerce d'amitié avec ces volatiles, et M. Chat particulièrement se souvenait des regards de convoitise que, tout petit, il avait l'habitude de jeter à la plume luisante des pigeons de la ferme. Qu'était-ce donc que cette promenade qu'on méditait de leur faire entreprendre avec de si peu naturels compagnons?

A force d'y penser, l'espoir surnageant toujours, aussi bien chez les chats que chez les hommes, au flot mouvant des inquiétudes, ils finirent par trouver l'idée plaisante. Un observateur profond eût même remarqué sur la mine de M. Chat des symptômes de gaieté inhabituels; il pensait dans ces moments au festin délicat que leur procurerait une couple de pigeonneaux bien en plumes; mais il y pensait moins pour lui que pour Mme Chat, son excellente et tendre compagne.

Malheureusement, ces combinaisons allaient être dérangées par un événement extraordinaire. Un matin on les prit, et une main brutale les fourra dans un panier, malgré leurs efforts pour résister.

Ah! ce panier, il était, à peu de chose près, pareil à celui qui avait servi à transporter le jeune M. Chat à la ville, un panier à couvercle, tressé en mailles serrées et si étroit qu'en se collant l'un à l'autre ils en occupaient le dedans tout entier.

Au bruit des voitures et des piétons, ils comprirent qu'on les promenait par la ville; mais où, dans quel but, ils n'en savaient rien. On les déposa enfin dans une espèce de vaste cuvette à ciel ouvert au delà de laquelle s'arrondissait une masse luisante, qui se balançait très lentement et d'instant en instant se gonflait un peu plus.

VIII.

Dans leur ignorance, il leur parut que la lune, la ronde et pacifique lune qui est le soleil des chats, était descendue de ses hautes demeures, et ils admiraient son disque énorme, muets, immobiles, secoués par moments d'une vague terreur.

En face d'eux, un autre panier contenait les fameux pigeons qui leur avaient si fort mis martel en tête. Ils étaient quatre, gras et blancs, tendant leurs cols à droite et à gauche, en bas, en haut, piteusement; mais, si grassouillets qu'ils fussent, le ménage Chat ne songeait guère alors à la nourriture qu'ils cachaient sous leurs plumes.

Une énorme rumeur grondait autour d'eux. C'était comme un bruit de grandes eaux.

M. Chat avait entendu quelque chose de semblable, au temps où il habitait chez le fermier, son premier maître.

Oui, la chute d'eau qui alimentait le moulin voisin ne ronflait pas autrement; mais ce ronflement était peut-être moins fort. Il se mêlait à celui qu'ils entendaient présentement d'étranges saccades de rires, d'éclats de voix stridents, de cris, de huées, et il semblait vraiment que tous les animaux de la terre se fussent mis de la partie. Des coqs coqueriquaient, des ânes brayaient, des cavales hennissaient, des chiens hurlaient, des bœufs meuglaient, un concert diabolique s'était déchaîné autour d'eux, coupé par moments de voix qui clamaient :

« Il montera, il ne montera pas! »

Il monta.

Je veux dire que la gigantesque lune ronde, après s'être balancée d'avant en arrière pendant un assez long temps, s'éleva enfin, au milieu d'un redoublement de tapage qui lentement décrut et finit par ne plus être pour les passagers qu'un bourdonnement confus et comme une vague musique délayée dans la sérénité des espaces.

Une lumière molle caressait les prunelles du ménage Chat, pareille à un brouillard bleuâtre fait de poussière d'étoiles, et dans le fond de leur cage ils étaient rafraîchis par des souffles doux qui leur faisaient songer à des frôlements de bonnes mains géantes.

Autour d'eux allait et venait leur maître barbu, plus noir à mesure qu'il s'enfonçait dans la clarté, et d'autres hommes faisaient à côté de lui des gestes bizarres, armés d'instruments qu'ils braquaient au travers des nuages.

Une bousculade résultant d'une manœuvre fit rouler le panier un peu plus vivement que ne l'auraient désiré les deux époux.

Le couvercle se détacha.

Ce couvercle détaché, c'était la liberté de sortir, de se promener dans la cuvette, d'examiner de près le mystère du singulier voyage qu'on leur faisait faire.

M. Chat allongea son échine, sauta hors du panier, et sournoisement se faufila dans un coin d'où partait une grasse odeur de victuailles. Son flair exercé lui fit reconnaître sans peine le parfum épicé des saucissons de Lyon, le savoureux parfum des viandes rôties, les exhalaisons fermentées des pâtés de gibier. Mais une curiosité plus forte le tenta.

L'HONNÊTE M. CHAT VOULUT EN AVOIR LE CŒUR NET.

IX.

Où donc étaient-ils? En quelle contrée inexplorée, en quelles étendues chimériques les emportait ce véhicule prodigieux qui semblait voler avec des ailes sur des rails de soleil?

L'honnête M. Chat voulut en avoir le cœur net.

Il s'était aperçu que les gens de l'équipage se penchaient par moments sur le rebord de la cuvette et, là, semblaient s'absorber dans des contemplations; d'un bond il fut à ce balcon; mais le bond, un peu rapide, faillit s'achever dans les immensités.

Jamais chat engendré de chatte n'avait vu chose pareille. Ce fut comme un coup de foudre pour l'excellente créature. M. Chat se cramponna de toute l'énergie de ses griffes aux mailles de l'osier et se mit à regarder, béant, ahuri, effaré, non sans épouvante, le formidable spectacle qui s'offrait à ses yeux.

Un océan laiteux était l'atmosphère où roulait la machine; aussi loin que plongeaient les regards, on ne voyait que vagues d'un azur pâle roulées doucement par d'autres vagues pâles et blondes; mais par moments une lueur descendait on ne sait d'où, coulait, glissait, s'étendait, allumait çà et là des couleurs d'arc-en-ciel. Alors, c'était merveilleux. Chaque vague flamboyait dans de la vapeur d'or, comme si elle contenait un soleil, et sur les bords se teintait de rose, de bleu, de vert, d'orange. Puis une vapeur grise passait, couvrait comme d'un crêpe rapidement déroulé la magie de tous ces paradis de lumière.

Combien de minutes s'écoulèrent dans cette contemplation, c'est ce que M. Chat n'aurait pu dire, car il avait perdu la notion du temps et des choses.

Un miaulement de sa digne compagne le rappela à la réalité. Et vraiment ce miaulement était si plaintif qu'il eût attendri les cœurs les plus durs ; c'était une lamentation longue et continue qui tout à coup se termina par un cri aigu.

M. Chat se précipita du haut de son observatoire aussi vivement qu'il y était monté.

Et que vit-il?

Sa bonne, sa douce moitié léchant de sa langue rose trois mignonnes créatures qui, de leurs gentils museaux, cherchaient à soulever sa chaude poitrine pour y boire le lait.

Vous jugez de l'attendrissement de l'heureux père ; il ne se lassait pas d'admirer les grâces des petits, miaulant à son tour en signe d'allégresse, tant et si fort que ce miaulement, claironnant comme une trompette, attira à la fin l'attention de l'équipage.

Il y eut un étonnement général à la vue de cette famille inopinément surgie entre ciel et terre; mais la vie des bêtes ne pèse pas lourd dans les balances des hommes au cœur glacé.

M. Chat l'expérimenta bientôt à ses dépens.

L'air qui, bien qu'assez rare depuis un moment, suffisait à la respiration, vint subitement à manquer. Une oppression lourde s'abattit sur la cuvette. Terrifié, M. Chat ouvrit les dents, mais vainement. Près de lui, la pauvre mère, alanguie, à bout de forces, roulait vers ses nourissons ses prunelles demi-closes où se mourait le regard. Angoisse horrible! L'équipage, lui, continuait à se mouvoir, insensible à la mort qui approchait. Hélas! ces chats infortunés ne savaient pas qu'il est des moyens fournis par la science pour prolonger la vie bien au delà des limites où elle paraît devoir cesser.

On avait embarqué une certaine quantité d'air respirable, et, tandis que les bêtes, abandonnées à elles-mêmes, râlaient dans les tortures de l'agonie, les hommes, froidement égoïstes, s'occupaient de se remplir la poitrine de l'air mis en réserve.

A partir de ce moment, M. Chat ne vit plus rien, ne sentit plus rien. Une ombre douloureuse s'étendit sur le coin de la nacelle où, de son pied léger, le bonheur s'était posé une seconde pour repartir aussitôt après, et la mort régna seule parmi le ménage Chat.

X.

Rassurez-vous ; elle ne devait pas être éternelle. L'affreuse nuit du tombeau s'entr'ouvrit, déchirée par l'éclair de la vie renaissante ; M. Chat souleva ses paupières presque en même temps que Mme Chat, et ils purent de nouveau se voir, échanger dans un regard la profondeur de leur tendresse.

A quoi durent-ils de ne pas rouler jusqu'au bout sur la pente de l'absolu sommeil ? C'est ce que je puis vous dire, bien qu'ils ne l'aient jamais su.

Le ballon s'étant élevé très haut, très haut, l'équipage s'était trouvé à bout de sa provision d'air plus tôt qu'il ne s'y était attendu. Il fallut immédiatement songer à redescendre jusqu'aux régions où l'homme peut respirer sans le secours de la science.

Le moyen était bien simple : il suffisait d'ouvrir la soupape.

Alors commença la descente, une descente vertigineuse à travers l'espace et les nuées. Comme une trombe, comme un ouragan, le ballon dégringola, s'abattit, plongea. On l'arrêta dans les couches d'air accessibles à la vie.

M. et Mme Chat crurent sortir tout à coup d'un profond sommeil. Ils étaient comme engourdis, et il leur fallut longuement s'étirer, remuer bras et jambes, se désarticuler l'échine, avant de pouvoir se rendre compte de l'aventure qui leur était arrivée. Encore, comme je vous l'ai fait entrevoir, celle-ci resta-t-elle pour eux mystérieuse toute leur vie.

Mais enfin ils pouvaient ouvrir l'œil, bâiller, respirer, mouvoir et c'était bien le principal pour ces pauvres êtres qui avaient vu se fermer sur eux les portes de la vie. Le principal? Non pas. J'oubliais que la joie des pères et des mères n'est complète qu'à la condition qu'elle soit partagée par leurs enfants.

M. et Mme Chat vivaient, mais quel retour à la vie! Là, près d'eux, sur le dur osier, aplatis, raidis, tordus, demi-froids déjà, les pauvres petits étaient étendus, les pattes allongées dans un suprême effort, la tête tournée vers le sein de leur mère.

Les pauvres parents regrettèrent bien de n'être pas morts en même temps qu'eux. Ils les prirent dans leurs pattes, essayèrent de les réchauffer à la chaleur de leurs membres, les baisèrent, les léchèrent, les roulèrent sous leur ventre, leur soufflèrent dans les yeux et les oreilles, avec les mille tendresses et cajoleries des pères et des mères, mais inutilement. Quand ils virent que c'était bien le sommeil sans fin, celui qui n'a besoin ni de chansons ni de berceuses pour continuer et que rien n'éveille, oh! alors ce furent des miaulements, des lamentations, de dures et longues tristesses!

Mais tout a une fin, même les voyages en ballon.

Deux fois vingt-quatre heures après le départ, la machine toucha terre, sans trop graves périls, mais bien loin, paraît-il, de l'endroit d'où l'on s'était élevé, car l'équipage ne parlait de rien moins que de mers et de côtes inconnues.

On plia le ballon, on dégrafa les cordages, et l'énorme

habitacle qui avait semblé à M. et à Mme Chat vaste comme la lune se trouva réduit aux modestes proportions d'un ballot de vulgaires marchandises.

XI.

Là finit la mémorable odyssée de ce voyage en pays bleu.

Elle eut un grand retentissement non seulement dans le monde des chats, mais dans le monde des hommes. On voulut voir le couple célèbre; il y eut des chatteries de toute sorte.

M. et Mme Chat connurent alors les satisfactions de l'amour-propre. Leurs noms étaient dans tous les journaux, on ne parlait que de leur stoïcisme et de leur malheur. Peu s'en fallut que l'État leur fît une pension.

Rien n'est mouvant comme la renommée. Au bout d'un mois, leurs aventures avaient cessé de préoccuper l'attention publique. Ils redevinrent le ménage obscur d'autrefois.

Je dois dire à la louange de ces braves époux que le coup leur fut peu sensible. Ils avaient l'un et l'autre, par instinct de nature, la philosophie de la vie, et tous deux n'aspiraient qu'à passer côte à côte leurs jours dans la retraite, loin des voyages en ballon.

Elle n'arriva pas de suite, la retraite. Les chats et les hommes sont sujets aux fortunes changeantes. Leur maître alla rejoindre un beau matin dans les nuages le rêve de la direction des aérostats qu'il avait poursuivi sur cette terre. Ils furent recueillis alors par l'excellente femme qui, pendant la durée de leur séjour chez le savant, avait pris soin de leur existence. La pauvre vieille, — car elle était pauvre et vieille, — les aimait d'une grande tendresse et elle leur eût donné volontiers le meilleur de ce qu'elle possédait; mais ce qu'elle possédait n'était pas lourd. Aussi eut-elle beau se priver, réduire aux proportions les plus justes ses repas; l'eau remplaça bientôt le lait dans leur pâtée, et, quant aux fines bouchées de viande, il n'y fallait point penser. Elle préféra sacrifier son amitié à la nécessité.

Cette bonne vieille avait pour amie la concierge d'un petit hôtel où régnait l'abondance. Elle intercéda pour ses chats et finit par obtenir que l'amie les prît chez elle.

Ils eurent vite oublié, dans le confort d'une loge bien chaude, les privations de la vie à trois qu'ils avaient menée chez la ménagère, car, pourquoi ne pas le dire? les chats ne sont pas sans défauts, et le moindre est d'oublier aisément les services rendus.

En moins d'une semaine, ils redevinrent gras et potelés et d'un si bel embonpoint, d'une si joyeuse mine, que les enfants du riche banquier à qui appartenait l'hôtel, les guignant pour leurs jeux, persuadèrent à leur père de les faire monter de la loge à l'étage.

XII.

Il était dit que M. et Mme Chat connaîtraient jusqu'au bout la bonne et la mauvaise fortune. Dieu sait s'ils furent ravis de l'opulence de leur nouvelle condition! Le luxe modeste de l'excellente dame chez laquelle ils avaient contracté les doux nœuds du mariage leur parut de la Saint-Jean en regard de la splendeur qui régnait dans l'appartement du banquier. Ils pouvaient ici se rouler dans d'épais tapis d'Aubusson, se mirer dans des pieds de table reluisants comme des miroirs, jouer à cache-cache dans la retombée de pesants rideaux de velours.

Mais toute médaille a son revers : sous prétexte de jouer, les enfants du banquier étaient méchants et cruels ;

ils faisaient leur joie de poursuivre les chats sous les tables, de les taquiner, de leur tirer la barbe et la queue, et, sous prétexte d'amitié, inventaient mille méchantes plaisanteries et s'amusaient de leurs grimaces, de leurs miaulements inquiets et douloureux.

N'advint-il pas même qu'un jour l'aîné des garçons voulut pendre M. Chat par la patte à un cordon de sonnette? M. Chat s'en vengea, il est vrai, par un bon coup de griffe; mais Mme Chat, qui était d'un naturel plus pacifique, n'avait pas toujours l'énergie de se rebiffer contre ses tyranneaux. Elle préférait subir son mal en patience, la pauvre créature, se disant qu'après tout les enfants sont des enfants et qu'il faut leur savoir passer quelque chose.

Une dernière extravagance fit toutefois déborder la coupe.

Les méchants enfants imaginèrent d'enfermer dans une malle Mme Chat, qu'ils ne redoutaient pas et dont ils abusaient à cause de sa douceur. D'entendre les miaulements désespérés de la bonne dame, cela leur parut si plaisant qu'ils s'en tordaient les côtes de rire. Mais ils rirent bien plus haut quand M. Chat, impuissant à délivrer sa compagne, unit ses miaulements aux siens, avec des intonations tellement aiguës que tout l'hôtel en retentit.

La gouvernante accourut au bruit de ce discordant concert. Gronder les enfants et mettre en liberté Mme Chat fut l'affaire d'un instant.

Il était temps. Mme Chat étouffait, à bout de forces.

XIII.

C'en était assez. Les deux époux résolurent de fuir cette maison épouvantable. Ils choisirent une belle matinée de mai, alors que, par les fenêtres et les portes ouvertes, les vertes senteurs du printemps pénètrent dans les chambres et que dansent les mouches bruyantes dans la poussière des rayons du soleil renaissant.

Adieu tapis, rideaux, joies trompeuses! Mieux valait la paix d'un humble réduit que les soucis dorés et les heures passées à trembler dans un opulent séjour! Ils gagnèrent les toits, et, tout joyeux d'être libres, ils coururent le long des gouttières, parmi l'interminable cohue des tuyaux de cheminée. Le vent soufflait doucement. Une chaleur tiède faisait délirer les moineaux, et dans l'air courait un profond bourdonnement de joie.

A chaque instant, ils rencontraient des chats en quête d'aventures, les uns trottant d'un pas léger à la recherche d'un rayon de soleil, les autres arpentant les toits d'un air méditatif, d'autres assis sur les reins et regardant valser la lumière sur les barres d'or de leurs prunelles.

Mais tous ces chats n'étaient pas, comme eux, en quête d'un domicile; près de là, les attendaient un panier, une niche, un appartement, les caresses et les exigences d'un maître!

Tandis qu'eux!...

Pourtant, ils étaient décidés à ne pas s'engager à la légère.

Prendre un maître est chose grave; du moins voulaient-ils que celui qu'ils choisiraient fût honnête et prévenant. La richesse ne les tentait plus, après la déplorable épreuve qu'ils en avaient faite chez le banquier; une médiocrité calme leur semblait autrement désirable. Et ils se mirent à rôder de lucarne en lucarne, observant le dedans des mansardes et se disant qu'en fin de compte, une condition modeste est plus près du bonheur que le faste et le tapage.

Tout en devisant, ils étaient arrivés à une terrasse sur laquelle un homme, déjà âgé, s'occupait à ranger des caisses remplies de terre, qu'il venait d'ensemencer.

L'homme était voûté et ployait les épaules, comme sous le fardeau d'une vie pénible et lourde. Des rides profondes ravinaient son front. Il avait l'air grave et doux. Aussitôt qu'il les vit, curieux et penchés sur le rebord de la gouttière, il les appela, et, pour se les rendre plus favorables, émietta du pain sur la terrasse.

M. et Mme Chat se concertèrent rapidement. Qui sait? Cet homme simple et bon était peut-être leur providence; tout en lui annonçait un naturel affectueux.

Ils risquèrent une patte, puis deux, puis quatre, se coulèrent en s'aplatissant jusqu'au vieillard, et, comme il les caressait d'une main un peu tremblante, leurs regards se croisèrent; ils comprirent qu'ils étaient amis.

La porte du balcon, entr'ouverte, montra alors au couple Chat un intérieur décent et pauvre : un fauteuil, quatre chaises, un tapis, quelques vieux meubles qui avaient fini sans doute par faire partie de la vie du maître de la chambre. Lui, les regardait en souriant, pour les inviter à entrer, et vraiment une bonté si réelle se lisait au fond de son œil, qu'ils ne purent résister, et, à pas lents, gravement, ils pénétrèrent dans l'appartement.

XIV.

Ce fut une prise de possession.

Dès la première heure, ils se trouvèrent là comme chez eux. Aucun embarras, aucune gêne. Ils allaient d'un meuble à l'autre, s'imaginant les avoir toujours vus.

De son côté, le vieil homme les acceptait sans façon, naturellement, ainsi qu'un legs de la Providence. Et il vit bien vite, à leurs allures confiantes et tranquilles, à leurs interminables frottements d'échine contre les chaises et les tables, que la vie commune était consentie aussi bien par eux que par lui.

Le bonhomme avait une existence réglée qui jamais ne variait. Le matin, dès neuf heures, il sortait, et il ne rentrait qu'à la nuit tombante. Il dressait alors le couvert sur un bout de la table, visiblement heureux de pouvoir se délasser des fatigues du jour dans la compagnie de ses bons amis. L'un et l'autre assis devant lui sur la table, ils se

partageaient à trois un modeste repas, et quelquefois l'homme riait d'un bon vieux rire quand M. Chat ou Mme Chat harponnait, du bout des griffes, le morceau qu'il portait à sa bouche.

Aucun maître n'était plus indulgent. Il leur était permis de saccager le tapis, l'armoire, la boîte à charbon, de brouiller pêle-mêle les papiers sur le petit pupitre qui était sous l'angle de la cheminée. Leur liberté était infinie comme leurs caprices.

Aussi connurent-ils, chez ce brave homme, des joies profondes.

Bien plus que lui, qui n'apparaissait que le soir, ils pouvaient se croire les possesseurs du petit appartement. Ils en connaissaient les moindres recoins. Ils auraient dit le nombre des fleurs qui s'épanouissaient sur le papier de tenture ; la plus petite fissure des murs était inscrite dans leur mémoire. Et c'était leur bonheur de demeurer là, dans la tiédeur des vitres chauffées par le soleil ou dans le frisson du vent passant par la fenêtre du balcon, des jours entiers, pelotonnés sur le ventre, l'un près de l'autre, avec ces rourons interminables des chats qui leur servent à dire tant de choses, et que nous autres hommes nous ne comprenons toujours pas.

D'autres fois, plongés dans les draps du lit, leurs deux têtes sur l'oreiller, ils se laissaient aller au sommeil, et, tout las de bien-être, faisaient de grands rêves d'oiseaux succulents qu'ils dévoraient à belles dents.

Ce lit frais et blanc leur semblait bien préférable à la couche ouatée que leur avait préparée le bonhomme ; aussi, la nuit, tandis qu'il dormait, se blottissaient-ils à ses pieds ou près de sa poitrine, aimant cette chaleur humaine et le tiède frémissement de l'édredon. Le vieillard, en s'éveillant, leur accordait un sourire, ou bien, réveillé dans son sommeil par le grattement de leurs griffes dans les draps, sans murmurer et bien au contraire réjoui de les voir, tirait sur leur échine un peu de la couverture. Il semblait décidé à tout accepter d'eux ; c'était comme un peu de tendresse tombée dans sa vie monotone et solitaire ; souvent il s'étendait de son long sur le tapis, et, comme un enfant, s'amusait à se mêler à leurs jeux, leur jetait des billes, des fils de soie, des bouchons, ou, pour les faire courir, griffait du bout des ongles le parquet, avec un bruit doux de souris.

XV.

Hélas! ils ne furent pas longtemps à s'apercevoir que leur excellent maître avait ses chagrins, et qu'au fond de cette vie, si paisible d'apparence, se cachait le ver rongeur d'une douleur inoubliée.

Les chats sont observateurs. Quand vous les croyez sommeillants et désœuvrés, ils dardent sur vous, du fond de leurs prunelles demi-closes, leurs étincelants regards; aussi bien que les mouches bourdonnant par l'air, ils voient voleter dans la clarté de vos yeux ces autres mouches, noires ou dorées, qui sont vos idées et vos sensations; et, témoins calmes et patients, ils ont bientôt fait de débrouiller l'écheveau de vos pensées.

Ainsi en fut-il pour leur ami.

Ils l'étudiaient sans qu'il s'en aperçût, et toujours revenaient à cette conclusion d'un chagrin inavoué, mais persistant. Ils le surprenaient par moments secouant la tête; ou bien, le front dans les deux mains, morose, immobile, en proie au flot trouble des souvenirs, il se promenait par la chambre à grands pas, ayant à la bouche des mots tristes et vagues auxquels ils ne pouvaient rien comprendre.

Doucement ils se glissaient vers lui, se pressaient contre ses jambes, souvent même pointaient à travers son pantalon leurs griffes impatientes, comme on secoue quelqu'un ou comme on lui met la main sur l'épaule dans un élan d'amitié, pour l'arracher à sa peine, et aussitôt, heureux de leur compatissance, il les prenait, les caressait, les portait à ses lèvres, leur disait merci, les yeux quelquefois mouillés de larmes.

C'était l'aliment de leur éternelle curiosité, cette inquiétude qui s'emparait à de certains jours de leur maître.

Ils en parlaient le jour, assis côte à côte dans une tranche de soleil, et, la nuit, ils s'éveillaient pour en parler encore. Mais ils ne parvenaient pas à découvrir le mystère.

XVI.

L'esprit se fait à toutes les situations de la vie ; on commence par s'attendrir sur la douleur d'un ami, et tout lentement cette douleur devient une habitude à laquelle on fait moins attention. Tenez compte que l'égoïsme est un défaut des chats ; pourvu que le tapis soit chaud et le couvert garni, ils font volontiers bon marché du reste. Ceci soit dit sans vouloir nuire à nos dignes époux, qui, dans leur genre, étaient chacun une excellente pâte de chat. D'ailleurs, pourquoi se seraient-ils occupés outre mesure des causes de ce mystérieux chagrin qu'ils ne pouvaient qu'adoucir et qu'ils consolaient de leur mieux?

L'hiver amena les loisirs près du poêle, les longues soirées sous le rayon de la lampe, la joie de voir floconner la neige au dehors, quand soi-même, blotti dans les cendres de l'âtre, on a les reins chauds et les pattes sèches.

Autant l'été et ses gais soleils sont charmants aux chats, autant ils aiment les siestes infinies et les infinies somnolences de l'hiver ; ce sont de grands frileux qui s'entendent à jouir d'un charbon pétillant et rouge autant que d'un beau soleil de midi. Ajoutez que la paresse est pour eux un plaisir divin, et rien ne leur vaut comme de pouvoir, pendant de longs jours de vingt-quatre heures, demeurer sur place dans le reflet d'un poêle, somnolents, engourdis, étalés de leur long, sans avoir à trottiner, à marcher, à courir les gouttières, comme c'est l'habitude quand revient le mois de mai.

LE BONHOMME SEMBLAIT RAVI AUTANT QUE LES PARENTS.

Il revint, en effet, mais ô bonheur! M. et Mme Chat n'étaient plus seuls à saluer son gai retour.

Pour la seconde fois, l'honnête Mme Chat s'était trouvée mère; le bon Dieu avait récompensé sa vertu en lui envoyant une famille. Qu'ils furent les bienvenus, les mignons! De quelles chatteries on les entoura! Comme on les caressa!

Le bonhomme semblait ravi autant que les parents.

Alors commença la vie patriarcale que nous avons décrite au début de cette histoire. Entourés de leurs enfants, M. et Mme Chat réalisaient l'image d'un bon ménage bourgeois. Ils ne connaissaient pas l'aisance proprement dite; mais ils ne connaissaient pas non plus la misère. Du pain la semaine, et le dimanche un rogaton friand, en faut-il plus pour être des favorisés en ce monde? On a vu qu'ainsi raisonnait M. Chat.

Il avait pris de l'embonpoint, se promenait gravement, affectait la dignité d'une personne qui se sent supérieure à sa condition. Quand il miaulait, c'était avec lenteur, comme quelqu'un qui a des choses importantes à dire. Et vraiment, il n'en était guère parmi les chats qui pussent se vanter d'en savoir autant que lui.

Aussi était-il volontiers écouté.

L'été, quand on se réunissait entre voisins dans la gouttière, on le priait de raconter ses aventures au pays de la lune et des étoiles. Il s'asseyait alors sur ses bonnes culottes fourrées, toussait, se caressait la barbe et le menton, et finalement, d'une voix longue et traînante, débutait par ces invariables mots :

« Hé! hé! mes amis, en ce temps, je n'étais pas ce que vous me voyez aujourd'hui. J'étais jeune, dégourdi, gaillard; je portais fièrement ma tête sur mes épaules; le firmament ne me semblait pas trop grand pour me contenir. »

Il partait de là pour dire l'attrait mystérieux que le ciel avait constamment exercé sur lui et le désir que, tout jeune, il avait eu d'aller à la conquête des espaces. Le voyage en ballon devint ainsi petit à petit une exploration que lui-même avait organisée. Les hommes, que les chats, on le sait, traitent avec assez de dédain, et qui, à les entendre, sont d'une condition inférieure à la leur, les hommes, d'après M. Chat, se seraient simplement mis de la partie, mais c'était lui, M. Chat, qui avait tout fait. Le digne orateur mettait une si belle ardeur à conter ces choses qu'il finit par les croire, et, tandis qu'il parlait, sa compagne hochait la tête d'un air d'affirmation condescendante.

Cela n'alla pas toutefois sans de vives controverses parmi les chats. On publia des mémoires qui, en langue chatte, sont appelés griffonnages, à cause des griffes au moyen desquelles on les écrit, à seule fin de prouver que M. Chat était un imposteur, ou, pour employer le mot, un lunatique. L'Académie des chats se réunit même et discuta la vraisemblance du fameux voyage. C'eût été pour M. Chat l'occasion de s'acquérir un éternel renom, si, cédant aux sollicitations de ses amis, il avait voulu répondre aux mémoires par des mémoires et se faire auteur. Mais la nature lui avait donné un grand bon sens; il préféra la vie modeste et sûre aux hasards de la gloire; il répondit noblement qu'il ne demandait au peuple des chats, pour prix de ses découvertes, que le repos et l'oubli.

XVII.

M. Chat partageait ses jours entre sa femme et ses enfants. Ceux-ci grandissaient en force et en gentillesse.

Minon, le plus vigoureux, était un beau gars qui déjà

cherchait querelle aux chats du voisinage. Chaton semblait avoir une nature plus contemplative. Quant à Mlle Minette, elle était le portrait de sa mère aux jours heureux de la jeunesse. Rien n'était charmant comme de lui voir lutiner les franges du fauteuil, avec un tas de petites mines éveillées, tantôt sur la poitrine, tantôt sur le dos, et constamment elle bondissait par l'appartement, en vraie petite folle, courant après sa queue, cherchant à attraper son ombre, et griffant tout, mordillant tout, harcelant ses frères de continuelles espiègleries.

Le père Chat s'amusait de ces jeux. Il aimait, après les repas, à voir se démener sa jeune famille.

« La jeunesse n'a qu'un temps, » avait-il coutume de dire. Et, quand Mme Chat se plaignait des difficultés de l'entretien et du surcroît de peines que lui donnait cette marmaille jamais en repos et se déchirant, se salissant, trouant bas et robes insoucieusement, il cherchait les meilleurs arguments pour la calmer.

Je dois dire qu'il n'y réussissait pas toujours.

Le dimanche mettait comme un reflet de fête dans cette existence, qui, à d'autres, aurait pu paraître monotone.

De bonne heure, ce jour-là, Mme Chat faisait la toilette de sa famille. Dieu sait avec quel soin! Longuement elle savonnait le museau souillé de charbon de ses trois enfants, débarbouillait leurs pattes poudreuses, tirebouchonnait leur queue, lustrait leur coiffure, non sans grommeler un peu contre l'instinct qui les poussait à se noircir à toutes les parcelles de charbon qu'ils pouvaient rencontrer.

On allait ensuite à la promenade; Minon, Chaton et Minette marchaient devant; le père et la mère surveillaient cette bande folle un peu en arrière, et, se traînant, se poussant, grondant les enfants qui à chaque instant s'échappaient, on gagnait les toits, on escaladait les terrasses, on longeait les gouttières jusqu'à un certain endroit d'où l'on voyait la cime de trois grands peupliers que balançait le moindre vent.

Ils appelaient cela la campagne, et là, assis en cercle, rognant un peu de provisions prises avec eux, ils passaient l'après-midi à se délecter de la verdure des trois arbres solitaires.

On rentrait à la tombée du jour.

Leur ami le bonhomme les attendait, le balcon grand ouvert, et leur faisait fête à leur retour au logis.

XVIII.

Dans le voisinage habitait un chat fûté et malin, dont le métier était de faire la chasse aux nouvelles pour un sien journal qui avait grand cours chez les chats.

Maître gazetier apparut un matin au balcon de M. Chat et lui fit avec mystère la confidence suivante :

Le vieux petit homme chez qui vivait le ménage Chat avait fait dix ans de prison pour avoir crocheté un coffre-fort autrefois. Oh! il y avait longtemps de cela; mais le fait n'en était pas moins certain; maître gazetier en répondait sur sa tête.

Le coup fut affreux.

Quoi! leur bon maître, leur ami, leur sauveur, un criminel!... un voleur, un repris de justice! L'honnêteté de M. Chat se révolta. C'était donc là le motif de ces longues tristesses, de ces humeurs sombres, de ces larmes mal essuyées. Le remords seul hantait ce scélérat repentant.

Les chats vont vite dans leurs jugements; les hommes malheureusement ne sont guère plus prudents; les uns et les autres ont un penchant naturel à chercher la paille dans l'œil du voisin, et vraiment l'indulgence n'est pas le fait de ce bas monde.

M. Chat prit une mine renfrognée ; il lui semblait qu'il ne pouvait plus rien y avoir de commun entre ce bonhomme et lui. Vainement le vieillard le caressait ; il ne répondait plus par d'allègres ronrons à ses mains affectueuses. Si bien qu'un jour, le pauvre diable eut un sourire triste, et le regardant plus tendrement encore, exhala cette plainte, dernier mot des tendresses humaines :

« Hé ! quoi ! toi aussi, mon chat ! »

M. Chat détala, un peu honteux de lui-même, mais résolu à ne pas céder à son émotion.

Et, les jours se suivant, il remarqua que le chagrin de son maître grandissait à mesure que se voûtaient ses épaules et que se creusaient les profonds sillons de ses tempes.

Un matin, au moment où le bonhomme terminait sa modeste toilette, on frappa à la porte ; le concierge lui apporta une lettre.

Une lettre à lui ! c'était chose peu ordinaire. Il n'avait ami au monde, le pauvre délaissé ! aussi prit-il la lettre en tremblant ; il hésitait à l'ouvrir, la tournait, la retournait dans tous les sens, étonné, inquiet.

A la fin il se décida.

Le ménage Chat l'observait.

Tout à coup, il poussa un cri, un cri terrible qui n'était ni de la joie ni de la douleur, mais une explosion de tout ce que le cœur contient de mouvements violents et doux. Il tremblait, un grand frisson le secouait, et, tâtant sa tête à deux mains, il semblait se demander s'il avait bien sa raison, s'il ne devenait pas fou.

« Ah ! mon Dieu ! mon Dieu ! criait-il. Quoi ! Enfin ! On va donc savoir !... »

Et il riait, pleurait, se tordait, courait par la chambre, redevenu jeune, les bras ouverts, les mains chargées de caresses, bégayant, bredouillant, avançant les lèvres comme pour embrasser quelque chose, baisant ses meubles, ses chats et jusqu'à son oreiller, délirant, frappant sur son cœur, étouffant, mal à l'aise dans cette chambre trop petite, dont les plafonds, trop bas pour son émotion, l'écrasaient

Puis il reprit la lettre, et, à haute voix, cette fois, la lut, pesant sur les mots, répétant des paragraphes entiers, baisant l'écriture, s'interrompant pour rire, crier, éclater.

XIX.

Le ménage Chat, l'oreille tendue, le cœur battant, écoutait. La femme et le mari comprenaient qu'il s'agissait d'une faute que leur ami n'avait pas commise, mais pour laquelle il avait été condamné. Vingt ans s'étaient écoulés depuis qu'il était sorti de prison ; et voici que le vrai coupable, harcelé de remords, se découvrait à lui, avouait tout, lui demandait son pardon, disait le crime et les circonstances du crime, l'heure, le jour, tout enfin, et terminait par ces mots :

« A l'heure où vous lirez cet aveu, pauvre infortuné dont j'ai fait le malheur, la justice m'aura entendu. Je ne veux pas quitter cette terre où, depuis trente-cinq ans, je porte le poids du remords, sans faire une confession publique. Je veux être jugé ; je veux pour vous la plus large, la plus absolue réhabilitation. »

C'est alors que M. Chat eut honte de l'empressement avec lequel il avait accueilli les propos de maître gazetier.

Avec une pitié profonde, il contemplait son malheureux maître, victime d'une déplorable erreur judiciaire. Comment réparer sa sottise et sa trop facile crédulité? Il fit un bond, se roula jusqu'aux pieds du bonhomme, ronronnant de toute sa force ; et lui, le prit, le baisa, le mouilla de ses grosses larmes, qui, sans discontinuer, coulaient de ses yeux comme de deux fontaines.

Il oubliait l'heure dans sa joie ; il s'attardait ; il relisait encore et toujours la bienheureuse lettre, il regardait le ciel, la rue, le balcon, ses amis Chat, avec l'air triomphant d'un homme qui va reprendre enfin sa place au soleil, avoir le droit de lever la tête et de contempler ses semblables en face, faire voir à tous qu'il n'avait pas cessé d'être un honnête homme, une conscience intacte, et que son nom était enfin lavé de la souillure ancienne !

La demi-heure sonna à la pendule. Ce fut un rappel à l'ordre ; il arriverait en retard d'une heure à la besogne journalière. Il prit son chapeau, fit un pas vers la porte, et soudain s'aperçut qu'il n'avait ni gilet ni paletot. Tout frémissant, tremblant de la tête aux pieds, il compléta sa toilette, ne sachant plus bien s'il marchait, s'il volait, s'il veillait, s'il ne rêvait pas, les yeux brouillés par un nuage.

Ah ! son mouchoir ! bon ! le voilà ! Sa tabatière ! sa cravate ! Il n'allait jamais être prêt ! Ah ! enfin !

« Adieu mes chats, adieu mes amis ! A ce soir ! Aujourd'hui, ma tête dépasse le plafond ! Je cours au bureau, de là au Palais, au Parquet, chez les juges, partout, oui, partout où il y a une loi, une justice, des consciences, une vérité, partout où l'on condamne, partout où l'on absout, et j'assemblerai le monde, et je crierai : Lisez ! lisez ! Je suis innocent, innocent ! innocent ! »

Il sortit, rentra, s'absorba dans une idée, et lentement deux grosses larmes tombèrent le long de ses joues.

« Non, dit-il, je n'irai pas ; cet homme est assez puni. Et, qui sait ? Dieu, qui voit au fond des consciences, lui a peut-être pardonné ? Il ne lui manque que mon pardon ; je vais le lui donner. »

Il se mit à sa table ; comme il l'avait dit il le fit. Il écrivit au misérable repentant : « A quoi bon vous dénoncer ? Le monde m'a oublié et j'ai expié pour deux. Je vous pardonne ! »

La mansarde fut bien belle ce jour-là. Tout le bonheur d'une honnête vie longtemps méconnue y rentra.

Il y resta.

LA PETITE SŒUR.

Coucou! Coucou! faisait la vieille horloge une fois, six fois, dix fois et même douze, selon l'heure, et à chaque sonnerie la petite porte s'ouvrait avec un bruit sec, laissant paraître un oiseau noir au bec jaune.

Mais cette apparition n'était plus accueillie par les rires joyeux qui la saluaient autrefois. La gaieté était bannie de la chambre depuis que la maladie y était entrée, et le refrain invariable du coucou tombait dans un silence froid dont lui-même semblait honteux. — Non vraiment, ce n'était plus l'ancien coucou si heureux d'entendre répéter son refrain par une bouche rose ; il y avait à présent dans sa voix un peu de surprise douloureuse, comme s'il redoutait d'avoir perdu un ami. Même il s'arrêtait un instant avant de lancer sa dernière note, écoutant de toutes ses oreilles si l'écho ne se préparait pas à lui répondre. Hélas! un petit souffle rauque lui répondait seul, du milieu de cette solitude où veillaient des parents désolés.

Pourtant ce petit souffle suffisait à remplir le silence de la chambre. Il avait la douceur des choses qui sont sur le point de se rompre. Mais un marteau tombant sur l'enclume n'eût pas retenti avec plus de force au cœur des parents, et ils demeuraient penchés sur le lit, écoutant avec des angoisses la respiration de leur enfant.

Il y avait à peu près quinze jours que Marie avait quitté

ELLE DEMANDA UN MATIN SES JOUETS.

ses jeux. Cela avait commencé par peu de chose : un manque complet d'appétit, puis une sorte de torpeur ; la fièvre était venue et l'enfant s'était mise à délirer. Elle se levait droite sur son lit, rejetait les couvertures, poussait des cris déchirants, et ses yeux avaient une fixité de démence au milieu de son visage allumé de rose. Il avait fallu couper ses beaux cheveux blonds, poser des sangsues derrière ses oreilles, couvrir de glace son front; et petit à petit son corps était devenu d'une maigreur effrayante. Pendant une semaine entière, cette terrible tension de la fièvre ne s'était pas amollie un instant ; les yeux avaient continué à regarder devant eux, à demi-rentrés sous leurs paupières ; puis une nuit elle avait crié plusieurs fois : Coucou, au moment où le coucou chantait, et lentement ses yeux s'étaient fermés. Elle avait dormi jusqu'au matin, tranquille, reposée, ses petits membres paisiblement étendus, sans faire un mouvement, et le sommeil avait mis, toute cette nuit-là, autour de l'enfant, une douceur de convalescence. Ce fut un assoupissement de quelques heures pour la douleur inquiète des parents ; ils la regardaient dormir avec une tendresse navrée, pris d'un besoin de se serrer les mains devant cette paix inattendue qui avait l'air d'un retour à la vie.

La fièvre disparut en effet, mais une congestion du poumon s'était déclarée et alors de nouvelles craintes s'assirent au chevet de la petite malade. Elle était prise de toux interminables. On entendait se détraquer sa petite poitrine; sa respiration sifflait entre ses dents, et, l'accès terminé, elle retombait, les joues couvertes de pâleur avec un engourdissement de tout son être. Puis le sommeil remettait un peu de paix dans la lassitude de ses membres.

Les médecins avaient défendu de la nourrir, mais toujours elle demandait à manger avec une douceur plaintive, et cette supplication monotone traînait par la chambre :

« J'ai faim! J'ai faim! »

Rien, malheureusement, ne put arrêter le cours de la maladie. Les médecins hochaient la tête, sans se prononcer; chaque jour ils l'auscultaient, ordonnaient des vésicatoires, combattaient par des potions la pneumonie qui se compliquait; et la peau de l'enfant, devenue d'un jaune de vieux buis, était toute criblée de grands feux rouges allumés par la brûlure des cantharides. Elle gardait au milieu de ses couvertures une raideur douloureuse, n'osant pas se mouvoir, et son corps mince semblait drapé déjà d'un large pli de suaire. Elle posait au bord des oreillers une tête pâle où roulaient ses prunelles très dilatées; ses dents collaient à ses joues, demi-visibles sous l'écartement des lèvres tirées.

« Coucou! » faisait l'oiseau de l'horloge.

Et quelquefois elle répétait : Coucou! avec un petit sourire effroyablement triste. Elle demanda un matin ses jouets. Sa mère les lui apporta. Elle les rangea sur le lit, en remplit les draps, les caressa de ses mains pâles, avec sa tendresse ancienne. Elle leur parlait, s'étonnant d'avoir été si longtemps sans les voir, leur disait son bonheur de les avoir autour d'elle, et un peu de sang revenait à ses joues. Elle fit alors de grands projets. L'été, elle les prendrait avec elle à la campagne; on ferait ensemble des parties dans l'herbe; elle les convierait à des dînettes et l'on s'amuserait beaucoup, oh! beaucoup. Puis elle mettrait à sa poupée un chapeau à plumes; elle lui achèterait une robe nouvelle, la vieille étant passée de mode; elle la ferait si belle que tout le monde se retournerait sur elles deux.

« Parle moins, ma chérie, lui disait sa mère, tu te fatigues! »

Mais une fois lancée sur la pente des rêves, elle ne cessait plus; elle inventait des bonheurs interminables; et sa voix s'épuisait à travers des saccades de paroles qui finissaient par la briser. Sa tête retombait alors dans l'oreiller;

elle dormait, les mains étendues à plat sur les draps, au milieu de ses jouets.

Combien de fois l'horloge laissa-t-elle tomber encore ses « coucou » dans le silence de la chambre? C'est ce que le coucou lui-même n'aurait pu dire; mais l'enfant ne vit pas renaître le printemps; le fil qui la retenait à la vie se rompit, et un matin son petit corps épuisé prit sous la couverture l'attitude funèbre de la mort. Alors une désolation sans nom remplit la chambre, battit les plafonds, noya de sanglots l'humble lit où s'était éteinte cette promesse de vie, et tout à coup le coucou cria, mais d'une voix tellement entrecoupée qu'on eût dit que lui aussi sanglotait. Puis le petit lit se vida, les jouets furent rangés sur le guéridon, personne n'entra plus dans la chambre. Elle demeura comme au jour où l'enfant en était sortie, avec une douceur triste de chambre abandonnée, et le silence lui-même sembla s'y dissoudre dans un engourdissement morne. L'horloge ayant été arrêtée, le coucou resta muet derrière la petite porte. Il n'y eut plus ni bruit ni lumière dans cette partie de la maison close comme une tombe.

Sur le guéridon, les jouets songeaient, pris d'une mélancolie noire et regardant le plancher à leurs pieds, avec la pensée de s'y briser en morceaux. A quoi étaient-ils bons désormais? Leur petite amie envolée, qui s'occuperait d'eux? Qu'avaient-ils encore à espérer en ce monde? Une épaisseur de poussière les recouvrait et ils se sentaient devenir vieux et caducs, au milieu de l'indifférence et de l'abandon.

. . . .

Une année se passa, puis une nuit un petit cri sortit d'une chambre voisine. C'était un cri d'enfant; mais, si faible qu'il fût, en un instant il remplit toute la maison, les escaliers, les chambres, il monta jusqu'au toit avec une sonorité triomphante et attendrie.

Il semblait dire :

« Écoutez bien et vous me reconnaîtrez ; mais j'ai pris une autre forme ; je renais avec un corps qui ne périra pas comme l'autre. »

Et tout doucement le souvenir de celle qui n'était plus, se mêlant à cette naissance, une illusion réveilla le sommeil des choses, au fond de la demeure.

« Coucou! » fit l'horloge. Et cette fois ce ne fut plus d'une voix entrecoupée, mais d'une voix claire comme aux plus beaux jours de son existence.

Les jouets, brusquement tirés de leur léthargie par cette gaieté du coucou, demeurèrent un instant à se frotter les yeux et à s'étirer les membres. Qu'était-il donc arrivé?

La voix du nouveau-né leur répondit elle-même, et cette voix fut pour eux comme la promesse d'un paradis. Ils allaient donc servir à quelque chose; un petit enfant allait les manier dans ses grasses mains dodues; et comme les jouets ne savent pas ce que c'est que la mort, ils crurent que l'autre était revenue.

« Nous l'aimerons tellement qu'elle ne s'en ira plus, » se dirent-ils entre eux.

Et une joie voltigea par la maison, comme si la petite morte venait réellement d'y rentrer pour n'en plus jamais sortir.

1879.

FIN

TABLE.

FIN DE LA TABLE.

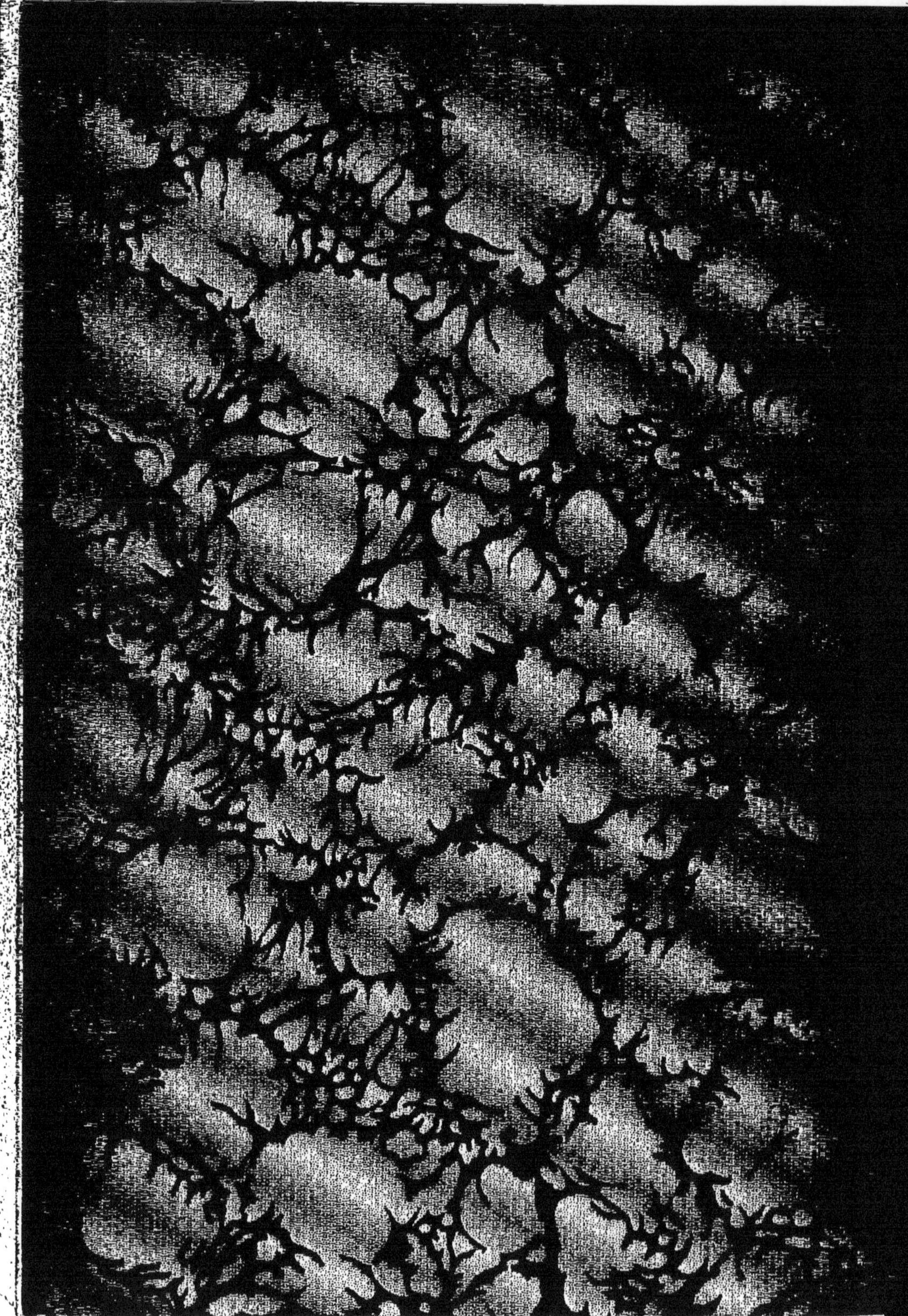

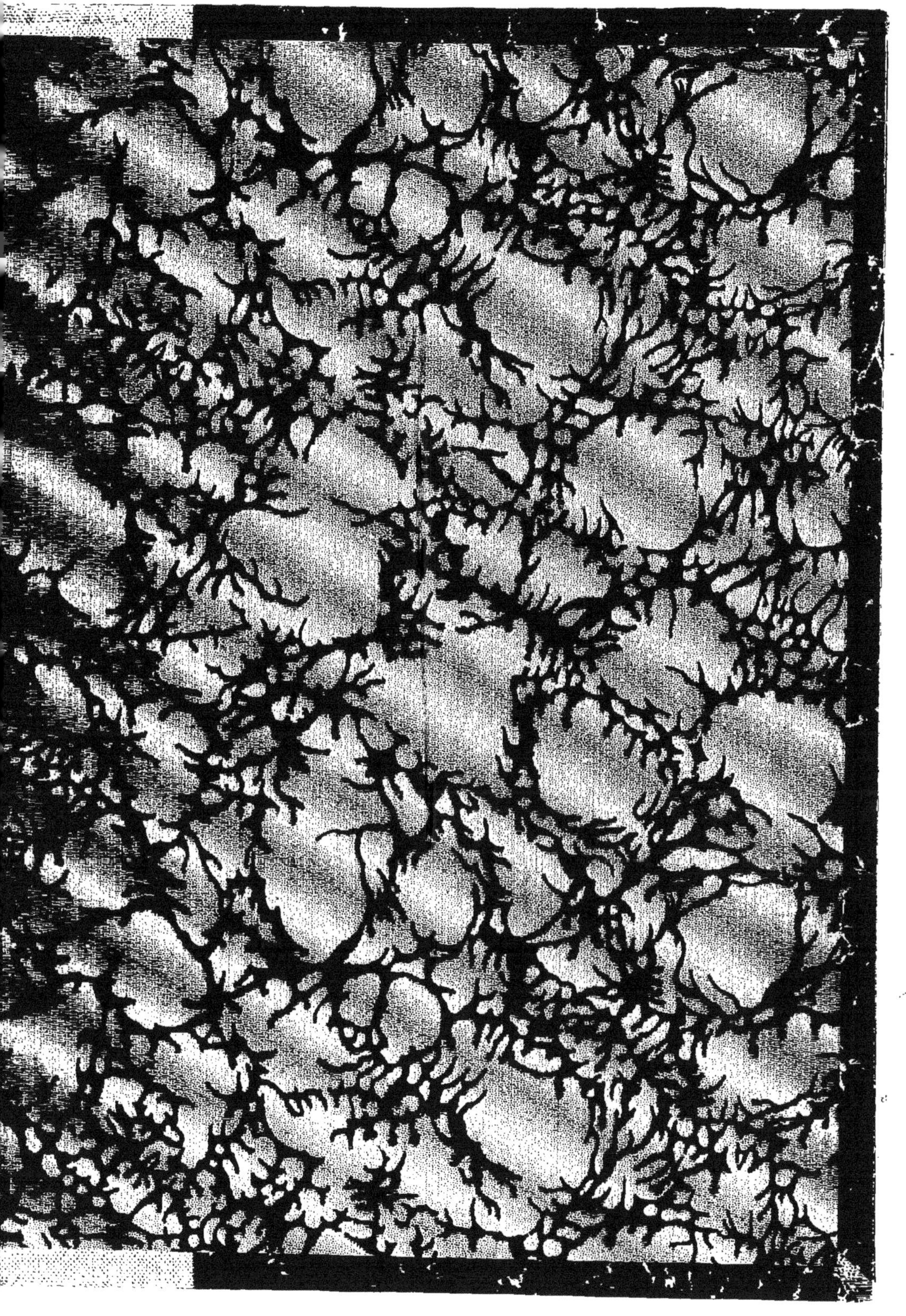

www.ingramcontent.com/pod-product-compliance
Ingram Content Group UK Ltd.
Pitfield, Milton Keynes, MK11 3LW, UK
UKHW012226240726
13966UKWH00003B/968